装画　髙橋あゆみ
装幀　岡本歌織（next door design）

目次

親密な異邦人

Chung Han-ah

チョン・ハナ

古川綾子 訳

KODANSHA

親密な異邦人

一. 難破船

三月。新聞を読んでいた私は興味深い全面広告を見つけた。〈この本を書いた人を探しています〉という文句とともに小説の一部が掲載されている。一見するとありふれた広告のようだが、冒頭の一文を何気なく読み進めていくうちに、それが自分の書いた小説だということに気がついた。

驚いた私は眼鏡《めがね》をかけると最初からじっくり読み直してみた。記憶が確かならば、これは十数年前に匿名で発行したデビュー作のはずだ。『難破船』というタイトルの書かれた黒い表紙が、記憶の底からぼんやりと浮かび上がってくる。出版社の公募に出そうと作った本で、名前を明かさなかったのはミステリアスな雰囲気を演出するためだったが、誰も興味を示さなかった。一行の審査評も、もっと悪いことに悪評すらも書かれずじまいだった。

作家としてデビューしてからも、それが非公式に書いたはじめての作品だという事実は伏せてきたし、書き直そうとも思わなかった。最近は存在さえも忘れていた。つまりは忘却の彼方《かなた》に消え去った本というわけだ。

新聞から顔を上げて立ち上がり、書斎の書棚をくまなく捜してみたが見当たらない。いつ、どんなふうに失《な》くしたかも思い出せない。見せた相手は夫だけ。あの小説を覚えているかと訊《き》いてみたかったが、彼はここにいなかった。

夫は三ヵ月前から交換教授としてイギリスに赴任している。韓国《かんこく》との時差は八時間。結婚生活が破綻《はたん》する前に、その八時間を私たちの間に挟んでみることにしたのだ。当時は家で鉢合わせしても、お互いを家具や荷物でも見るように無視していた。片方がリビングにいれば、もう片方は部屋に入り、片方が食卓で食事をしていれば、もう片方はカップラーメンを持ってベランダに出るといった具合に。別居はもっとも望ましい代替案だった。

夫がイギリスに行くことになったと告げると、すぐに娘はついて行くと言い張った。まだ六歳の子の面倒を夫ひとりでみるのは無理な話だった。娘は空港でぐったりするまで泣き続け、夫はおんぶしてなだめながら出国ゲートの周りをひたすら歩いた。私はそんな彼らを少し離れたベンチで見つめていた。

泣き疲れて眠った娘を預けると、彼は背を向けて歩き出した。ぼさぼさの後ろ髪が遠ざかっていくのを見ながら、これが最後かもしれないと思った。十数年の結婚生活を水の泡《あわ》にしたのは、彼ではなく私だ。弁明の余地はなかった。

夫は数着の服しか持っていかなかったので、ほとんどの荷物は残されたままだ。それでもどこか家はがらんとしていた。いきなり目の前に出現した昔の小説のせいで、なかなか寝つけない。どこかで窓のがたつく音が聞こえた気がした。子ども部屋に行ってぐっすり眠る娘を見下ろす。夜通し降った雨は明け方にようやくやんだ。

翌朝、娘がキッチンに新聞を運んできた。器にシリアルと牛乳を注いでやってから新聞を広げると、昨日と同じ面に小説の続きが掲載されていた。まるで連載小説を見ているような気分だった。身震いして新聞を放り投げると、新聞社のお客さまセンターに電話をかけた。

しばらく待っていると、よく通る声の女性オペレーターが応答した。原作者の許可なく紙面に小説を載せてもいいのかと詰問口調で尋《たず》ねると、オペレーターは原作者ご本人ですかと訊き返してきた。そうだと答えようとしたが、なぜか躊躇《ちゅうちょ》した。オペレーターは確認して折り返しご連絡しますと電話を切った。

　連絡が来たのはその日の午後。子どもを幼稚園に送り、英語の文書に目を通している時だった。ノーベル賞を受賞した科学者の伝記を翻訳することになっているのだが、作業は遅々として進まない。才能もないのに無理して翻訳を引き受けたのは、稼げる仕事を探さなくてはという焦りからだ。結婚生活が破綻するかもしれないというのに、私にはこれといった収入源がない。最悪の場合、夫からの養育費で細々と生活する立場になるかもしれないのだ。

　プロの小説家として三冊の本を出版し、イギリスで文学の修士課程を修了したが、その経歴で今すぐに得られる正規職は皆無だった。今まで生活に支障がなかったのは、早々に大学での地位を固めた夫のおかげだ。彼が有能になるほどに私は無能になっていったが、自分はその平均値にいるのだと勝手に思い込んでいた。

　マサチューセッツ工科大学とカリフォルニア工科大学を経《へ》てNASAに至る、科学者の華麗な一代記を追っていると電話が鳴った。厚い辞書に顔を埋《うず》めたまま、肩と耳に受話器を挟んで応対すると、澄んだ声の女性がはきはきと質問してきた。

「あなたが、あの小説を書いた人ですか?」

「はい?」

「『難破船』のことです。新聞社から連絡をもらいました。あなたが、あの小説を書いた人だと」

「あぁ……はい。そうです」

私は眉《まゆ》をひそめ、受話器を手で持ち直した。

「原稿をどうやって手に入れたのかは存じませんが、勝手に他人《ひと》の小説を新聞に載せるのは、もうやめていただきたいのですが」

「あなたが本物の作者だという根拠は？」

女性が疑うような声で尋ねた。

「どうなのですか。証明してくれる出版社の人でもいるのでしょうか？」

私はくすっと笑った。

「いいですか、あれは大学の前にあった印刷所で二十部刷って配ったものです。出版社なんてあるわけがないでしょう。そうだ、印刷所の名前をとって〈時代出版〉と表紙に入れたのを思い出しました」

しばし沈黙が流れた。

「ご理解いただけたと思いますので、これで失礼します」

「夫は、自分がこの本を書いたと言っていました」

「……なんですって？」

「彼は六ヵ月前に失踪《しっそう》しました」

女性は切羽《せっぱ》詰まった声で言った。

「一度会っていただけませんか？　直接お話ししたいことがあるんです」

女性はソウル市内のカフェの場所を伝えると、こちらが断る間もなく電話を切った。私はしばらく呆然《ぼうぜん》として受話器を見下ろしていた。電話をかけて、そちらに会う理由はないと言いたかったが番号がわからない。約束の場所に出向くか悩み続けていたら、午後はずっと仕事が手につかなかった。同じ文章を書いては消し、書いては消し、数十回くり返してようやく立ち上がった。

光化門《クァンファムン》のカフェ〈二階〉で会うことになっていた。午後の最後の陽光が窓に長く降り注ぐ。周囲をきょろきょろ見回す私を認めた女性が椅子《いす》から立ち上がった。ふくらはぎまで届く黒いワンピース姿、背は低く、あどけない顔にグレーのアイシャドウを濃く塗ったメイクは大人を真似《まね》た少女のようだ。二十代前半、あるいは半《なか》ば。目鼻立ちのはっきりした美人タイプだった。

「来てくださり、ありがとうございます」

女性が手を差し出した。小さな手の冷たい感触にびくっとした。彼女の名前はジン、ソンウ・ジンと名乗った。挨拶《あいさつ》を終えて椅子に座った。

「広告を出したのは私の母です。母は体調を崩していまして。もう見つからないだろうと諦《あきら》めたところでした。新聞社を回って広告を依頼してから一ヵ月になるので」

ジンがおずおずと尋ねた。

「先生とお呼びしても構いませんか?」

「はい。お好きなように……」

私は興味なさげにうなずいた。

「先生は、あの本をいつ書かれたのですか? 『難破船』のことです」

「大学を卒業した年だったので二〇〇三年頃のはずです」

どうしてだろう、答える自分の声がかすれている。

「あの本を正式に出版されたことはないとおっしゃいましたね」

「ええ、そうです」

彼女は淡々とした表情で一冊の本を差し出した。見慣れないフォントを目にした瞬間、体に緊張が走った。

「これは……」

「先生の本を、著者名だけ替えて新たに印刷したものです」

黒い背景に白いらせんが描かれた表紙は同じだ。ただ、その上に〈イ・ユサン〉という名前が書かれていた。

「夫は、この本を書いたのは人生でもっとも誇らしい業績だと申しておりました。どこに行くにも、この本を持ち歩いていました」

ジンが本に挟んであった写真を抜き出す。

「これが夫です」

男と女、そして愛らしい少年が顔を寄せ合って写っている。何か面白い光景でも見たのか、にこやかな笑顔だ。彼女の夫は口を開けて笑っているのに、どこか陰《かげ》を感じさせた。前歯に少し隙間があって、髪は耳を覆《おお》うほど長かった。アーモンド形の目が印象的なまでに黒いが、それ以外は平凡な人相だ。

「心当たりはありませんか？」

私は首を横に振った。

「はじめて見る人です」

「よくご覧になってください。必ずしも男性でなくても、似た顔立ちの女性と会ったことはありませんか」

　私はジンを見つめた。

「夫を捜していると言いませんでした？」

「はい、そうです」

「じゃあ、どうして……」

「理解できないですよね」

　ジンは感情がこみ上げてきたようで口ごもった。水を一口飲んでから口を開いた。

「この人の本名はイ・ユミ、三十五歳の女性です。私にはイ・ユサン、その前はイ・アンナと名乗っていました。どれも確かではありません。女性だという事実まで隠していたのですから、名前や年齢なんていとも簡単にでっち上げられたはずです。彼はこれまでの人生、数十もの仮面をかぶって生きてきました。この本と日記帳を残して六ヵ月前に失踪してしまったのです」

　彼女はテーブルに置いた本を見下ろして続けた。

「彼は死んだのだろうと皆は言います。そう受け入れて忘れるべきだと。でも私にはできませんし、これはそんなに簡単な問題でもありません」

　夫がいなくなってから眠れていないのか、とても疲れた顔をしている。こちらを見つめる瞳《ひとみ》は充血していて、溺《おぼ》れる者は藁《わら》をもつかむといった心境なのだろう。三月最後の週、春雨《はるさめ》がやみ、空気が澄み渡る火曜日の夕刻の出来事だった。

●REC

夫は秘密の多い人でした。いつも閉じこもって何か書いていて、許可なく書斎に入ることを決して許さなかった。子どもですらも、あそこにだけは自由に出入りできなかったほどです。でも、子どもはとても懐《なつ》いていましたよ。本当の父親ではありませんが、あれほど可愛《かわい》がってくれた人はいませんでしたから。

私は十五歳で出産しました。何がなんでも別れさせなくては、母がそう思うような男が相手でした。当時は反抗心にがんじがらめにされていて、どんな言葉も耳に入りませんでした。母を苦しめること、それだけが生きがいでしたから。両親は私が生まれるのを待たずに離婚したので、父の顔は一度も見たことがありません。最初は恋しい気持ちもありましたが、そのうち憎悪に変わりました。ああいう親にだけはなるまいってね。でも実際に子どもを産んで、簡単なことなんて本当に何一つないのだと実感しました。その男と別れてから深い関係になった相手はいません。何度かお付き合いを考えたこともありましたが、そのたびにこじれて疎遠になってしまって、そんな時にあの人と出会ったのです。

あれは一昨年《おとどし》の冬でした。教会の行事で知り合い、事情があって家に来てもらうことになったのです。口うるさい母や子どもにもすごく親切でした。ほっそりした体型と笑顔が本当に美しい人でしたけど、あの頃におかしいと気づくべきだったんですよね。指がひときわ白くて長かったこと、話術に長《た》けていたこと、つねに周囲の気分を敏感に嗅《か》ぎ取《と》っていたことなんかを。確かに普通の男性とはかなり違っていました。作家だからか知識も豊富だし、星座の運勢なんかにも精通していました。彼はさそり座、私はふたご座で、これはお互いの守護星を補う星座なのだそうです。ええ、信じるなんて愚かだと思われることは十分に承知しています。でも、当時は何もかもが素晴らしい暗示にしか見えなかったのだから仕方ありません。

　私を責めたいのでしょう。ひとつ屋根の下で暮らしていたのに、どうして結婚するまで女だとわからなかったのかと。逆に訊きたいです。じゃあ、隣にいる人が男か女か、あなたならどうやって確証を得ますか。セックスについてお話しするべきですよね……。私たちは一度もしたことがないのです。付き合っている間も、いちゃつくようなスキンシップはありませんでした。いつだったか、彼が言いにくそうに切り出したことがありました。自分は肉体関係にあまり興味が持てないのだと。詳しい話はしませんでしたが、何か複雑な事情があるようでした。私はそれほど深刻に受け止めませんでした。いや、むしろ深く考えることを恐れていたのかもしれません。お互いに秘密などない仲の良さでしたし、ここまで心が通じ合う相手もはじめてでした。セックスが理由で別れるなんてできません。どうせ数年もすれば真っ先にマンネリ化するものでしょう？

　性的な関係はありませんでしたが、私たちは誰よりも親密な恋人同士でした。男女の仲を一言で定義するのは難しいことです。色々な形の関係があり、それぞれに幸せの基準があるわけですから。あの人は夜になると向き合って横になり、その日あった出来事を話してくれました。時間ができると子どもを山や海に連れていってくれたり、私の気が滅入《めい》っているとピアノでショパンの美しい小品を弾《ひ》いてくれたりもしました。どうってことない一瞬を満ち足りた時間にしてくれる、そういう人です。

　結婚話が持ち上がった時、私はためらうことなく賛成しました。息子があの人に懐いていたのも、おそらく影響を与えたのでしょう。自分がひとり親で育ったこともあり、子どもにはそういう経験を受け継がせたくなかった。あの結婚で全員が幸せになれるとも信じていましたから。でも母は違いました。彼は貧乏な小説家で、知名度の低い一冊以外にこれといった作品もありません。遅まきながら私たちの関係を知ると、彼を追い出したのです。どっちみち母の家ですから。私は後を追いました。一ヵ月近く隠れていたでしょうか。お金がなくて大変な苦労もしましたが、生きているとあれほど実感する日々もはじめてでした。母は最終的にすべて諦め、私たちの仲を認めました。こうして結婚の承諾を得たわけです。

あの人はロシアで生まれ育ち、宣教師をしていた両親は少し前に亡くなったと言っていました。親族は誰ひとり結婚式に来ませんでしたね。ロシアにいる唯一の親戚《しんせき》だという叔父さんが電話で祝福してくれたのを覚えています。ルビーがはめられたマトリョーシカを結婚祝いに航空便で送ってくれたのですが、ひと目で貴重だとわかる品物でした。

結婚式当日、あの人は息子とおそろいのタキシードを着ました。緊張していたのか式が終わるまで一言もしゃべらないし、新郎が女性のように綺麗《きれい》だという牧師の冗談にも笑いませんでした。教会での式はずっと憧《あこが》れていたとおりの素朴で美しい時間でした。実は、私には亡くなった父の遺産が少しありまして、ずっと母が管理していたのですが、結婚したら受け取れることになっていました。彼と一緒に子どもを連れてロシアに移住し、バイカル湖の近郊にひっそり佇《たたず》む村でゲストハウスを始めるのに使おうと、遺産は全て彼に預けていました。ところが結婚式からいくらもしないうちに、あの人は失踪してしまったのです。お金には一切手をつけず、ただ忽然《こつぜん》とひとり姿を消してしまいました。

あの朝、なんだか寒々しい気配に目を覚ますと、隣にいるはずのあの人が見当たりません。書斎に行ってみるとドアが開いていて、机の上に一束《たば》の紙が置かれているのが見えました。その場で読み始めたのですが、最初はあの人の書いた小説かと思いました。かなり面白いストーリーでした。ピアノ講師、大学講師、さらには医者のふりまでして、三人の男をとっかえひっかえしながら偽りの人生を生きる女が主人公なのですが、最後はなんと男になりすまして小説家を騙《かた》るのです。あくまでもフィクションだと思って読み進めていた私は、何かがかすかに覚醒《かくせい》するのを感じました。主人公が女だとは夢にも思っていない妻、妻の幼《おさな》い息子、そして欲深い元教師の義母まで……。それは私たちの物語でした。一緒に経験した出来事、一緒に行った場所、共通の知り合いが寸分の狂いもなく描かれた物語。実は女だという設定だけが現実とは違うと思ったのですが。

真実の刃《やいば》が振り下ろされ、頭から足先までまっぷたつに切り裂いていくのを感じました。目を閉じ、その刃が私の息の根を止めるのを待とうとした瞬間、逆に目から鱗《うろこ》が落ちたとでも言うのでしょうか、すべてが腑《ふ》に落ちたのです。彼がなぜ過去について話すのを渋《しぶ》ったのか、なぜ私が近寄るたびに驚いて離れたのか、なぜ忽然と姿を消したのか、ばらばらだったピースが瞬時に元の位置に収まったとでも言いましょうか。

それから、あの人の過去を追いかけてきました。登場する人物の職業や名前、地名、時期、年度には事実と異なる部分もありましたが、あの日記は人生の記録でした。私たちが彼の嘘《うそ》に酔って眠る壁の向こうで、本当の自分の物語を書いていたわけです。最初は怒りがこみ上げ、次にがっくりきて正気ではいられなくなりましたが、時間が経《た》つにつれて段々とわからなくなりました。あの人はどこに逃げたのか、どうして私を餌食《えじき》にしたのか、計画的に近づいたのか。でも、まあ、それはどうでもよかった。何よりも知りたいのは、どうして日記を見せたのかということです。姿をくらます前に日記の存在を消し去るチャンスなんていくらでもあったのに、展示でもするかのように机の上に置かれていたのです。まるで読めと言わんばかりに。あれもまた欺瞞《ぎまん》だったのか、それとも一抹の懺悔《ざんげ》からだったのでしょうか？

彼が少しでも遺産に手をつけていたら、ただの詐欺師《さぎし》だったのだと忘れてしまうこともできたでしょう。でも何一つ奪っていかなかった。先生は本物の小説家だそうですから、私よりも人間について多くをご存じだと思います。何があの人をここまで追いつめたのでしょう。共に過ごした時間にはどんな意味があったのでしょう。そして何よりも、どうしてあの物語を残していったのでしょう。

早く戻ってきてほしいと、息子は毎晩あの人に手紙を書いているそうです。全《すべ》て夢だったのかもしれない、時々そんなふうに思います。六ヵ月前からずっと深い眠りに落ちたまま、くり返される悪夢を見ているのではないかと。闇《やみ》の中で気配を感じることもあります。離すまいと手を伸ばしてもつかめるのは空気だけで、彼はどこにもいません。そして美しいピアノの音色、風に乗って流れてくるメロディーが頭から離れない。夜になると、あの旋律が私を狂気へと駆り立てるのです。

＊

カフェから帰宅すると娘は眠っていた。四十代半ばの中国朝鮮族のベビーシッターは特有の無表情で出迎えると、今月の給料を精算してほしい、事情があって辞めることになったと言い出した。いきなりそんなことを言われても困ると腹を立てると、涙をぽろぽろ流しながら母が亡くなったのだと訴えてきた。嘘に決まっていたが反論の仕様がない。結局は何も言えないまま慰労金まで上乗せする羽目になった。慰めて家から送り出し、服も着替えないままソファに寝そべった。頭がずきずき痛む。とりあえず明日の午後に幼稚園が終わってから娘をみてくれる人を確保しなくては。

以前だったら母にすぐ電話しただろう。でも昨年に父が胃癌《いがん》を宣告されてから実家はめちゃくちゃだった。父が退職記念パーティーでもらってきた花束の枯れる暇もなく、一挙に色々な事件が起こったのだ。胃癌ステージⅣ、心の準備をしておくようにと医者は告げた。死刑宣告を受けた父と母は言葉もなく病院を後にした。患者衣を着た人々が日光浴をする花壇の前で、母はぴたりと立ち止まった。

「離婚してください」

シニカルなジョークを飛ばすのに、これほど緊迫したタイミングもないだろう。父は腹を抱《かか》えて笑った。笑うだけでなく、少し涙も流した。笑い終えて顔を上げると、何か浄化された感じがしたそうだ。悲哀に満ちた心も少し楽になった。父は生涯を共にしてきた母を見つめ、微笑《ほほえ》みながらその手を握った。でも母は笑わなかった。握られた手もそっと引き抜いた。

「冗談で言っているわけではないんです。離婚してください」

そしてさっさと荷物をまとめると家を出ていったのだ。弁護士を介して伝えてきた離婚の理由は〈性格の不一致〉。共同名義になっているソウルの望遠洞《マンウォン》にあるマンションと、仁川《インチョン》にある多世帯住宅（主に四階建て以下で二世帯以上が住めるように住居空間が分離されている建物）の持ち分の半分を要求してきた。父は怒れる神のごとく喚《わめ》いた。性格の不一致だなんて、無能で病《やまい》に蝕《むしば》まれた夫を見捨てる言い訳にすぎないと。そして拳《こぶし》で胸をばんばん叩《たた》いた。神学大学で旧約専攻の教授をしていた父は退職に癌、熟年離婚という老人の悲劇のグランドスラムを達成したわけだ。一瞬にして人生が粉々になったヨブのようだった。母はひとりヨーロッパ旅行に旅立ち、帰国してからは独身の叔母の家に身を寄せた。電話をしても出ないし、メッセージを残してもなかなか返信が来ない。数ヵ月前の出来事だった。

翌朝は子どもを連れて父の家に向かった。一日だけ面倒をみてほしいと頼んだのだ。父は一日おきに看病してくれる人に来てもらい、三度の食事はオーガニック認証マークがついた弁当をデリバリーしていた。その全てをスマートフォンのワンタッチでやり遂げたのだと自慢した。抗癌剤治療の経過も希望が見えてきたそうだ。〈自分ひとりだけ死ぬわけにはいかない〉という意地を頼みにしているのか、目に見えて元気になっている。何度か離婚の訴状が送られてきたそうだが、母に対する感情は恨みを超えて怨念《おんねん》に近くなっていた。裁判になったら証人として呼んでもいいかという問いをはぐらかし、私は逃げるように家を出た。

週に二度、京畿道《キョンギド》の外れにある大学で教養科目の講義を担当している。講義名は〈文学的なリーディングとライティング実践〉だが、主に昼休み後の昼寝タイムとして活用されていた。堂々と机に突っ伏して寝る一団もいた。学生は〈リーディング〉はもちろん〈ライティング〉にも一切興味がなかった。バスを待つ待合室のような雰囲気の中で、数年来くり返してきた講義を再確認でもするようにまくし立てた。

テキストに使っている文学は、一時期の私が生きていく経典にしていた作品だ。一編の小説が人を殺すことも生かすこともある、そう思っていた時代が私にもあった。でも本当にそうだろうか？　この七年間、私は読むことも書くこともできなかった。それでも死ななかった。なぜなら出産と子育てをしなければならなかったから。その全プロセスが数百のハードルに思えた。一つひとつに引っかかって転び、絶望し、回復し、また転び、壊れ、真っすぐ立つのに膨大な時間を費やした。もちろんこれは言い訳ではない。どんな女性も出産と子育てをキャリアにすることはできないからだ。

春のキャンパスは木蓮《もくれん》が満開だった。講義を終えて学生のいなくなった教室で窓の外の白木蓮を眺《なが》めながら、あの女性のことを考えていた。イ・ユサン、イ・ユミ、あるいはそれ以外にも別名を持つ女性。音大の近くに行ったこともないくせに大学でピアノを教える講師になり、多くの学生をコンクールで入賞させた。ある時は無免許の医師、ある時は三人の男の妻、ある時はひとりの女性の夫。信じがたい話だった。でも何よりも解《げ》せないのは、あの女性の緊迫した人生に、どういう形で『難破船』が介入していたのかという点だ。

海底の難破船を偶然に捜索することになった若いダイバーの小説だった。彼は真っ当な職にもつかず、世界中を転々としながら海底を遊泳することを楽しみに生きている青年だ。ある日、彼は地中海の小さな漁村に座礁した大型旅客船の捜索作業に雇われる。似たような背景を持つ専門ダイバー三人と一緒に働くことになり、彼らは仲のいい兄弟のように並んで海に入っていく。水草と岩石、そして原色の魚の群れ……。ついに海底に沈む難破船に進入すると、鋭い金属の破片、腐食した鉄の塊《かたまり》、幾重にも積み重なった堆積物《たいせきぶつ》を避け、注意しながら船体の狭い通路へと進んでいく。彼らの任務は船内の三百を超える客室の捜索だ。暗い部屋を一つひとつ小さな照明で照らしながら遺留品を回収する。作業は序盤から難航した。船には尋常でない気配が漂っている。陸に上がるたびに頭は重く疲労困憊《ひろうこんぱい》で、結局は彼以外の全員が一週間で辞めてしまう。三百以上の船室をひとりで担当しなくてはならなくなる。彼もがらんとした部屋を見て回る作業が、自分にあまり良くない影響を及ぼすことはわかっている。でも、なぜかやめられないのだ。海底の閉ざされた小部屋のドアを開けて入るたびに、不思議な恐怖と不安に囚《とら》われる。一筋の光もない闇の空間が瞳のない目のように彼を見つめているからだ。ひと夏をかけて空の客室を順番に開けていき、完全にすり減った一足の運動靴、つばが取れてしまった中折れ帽、イミテーションの宝石がついた手鏡、割れた哺乳瓶《ほにゅうびん》などを持ち出す。何一つ意味を持たない物体だ。彼はそれらをじっくりとのぞき込む。夢も見ずに熟睡しては、何かに驚いたようにびくりとして目覚める日が続く。

夏が終わり、ついにハードな捜索作業が終了すると、彼の手には十分な額の給料が渡される。もう足の向くまま旅立っても、好きなだけ海を泳ぎ回っても構わない。でも、どこに行ったらいいのかわからない。夏の間に何かが変わってしまった。自分の望みは何か、どんな人間になるべきかを考える。だが何も頭に浮かんでこない。ようやく自分が空っぽで、役に立たない存在だという事実を目の当たりにする。深い海の底に沈む難破船、その中をぷかぷかと漂う物体の数々、海水でふやけて元の形を失ったぬめぬめの苔類《こけるい》、あれこそがまさに自分自身なのだと。

やがて青年は村から姿を消す。どこに旅立ったのかは誰も知らない。そもそも誰かの興味を引くような人物でもない。しばらくして、彼がまた噂《うわさ》になるような出来事が起こる。

夜間ダイビングを楽しむ一団が大昔に沈没した難破船を発見したのだ。あちこち腐食が進み、海藻が絡み合うその難破船でダイバーの視線を釘付《くぎづ》けにしたのは、傾いた船体の柱にぶら下がる真っ白な帆。一筋の光も差し込まない黒い海底で、座礁した船から垂れる帆は眩《まぶ》しいほどの白さを見せている。今まさに航海へ出発するかのように膨《ふく》らみ、波を受けてはためいている。

あの小説を書いていたのは、ちょうど失恋した直後だった。十六歳からずるずると続いていた恋愛に区切りがつくと、相手は私にまつわる話を吹聴《ふいちょう》して回った。私があまりに好色だという内容だったが、実際は快感どころか、くすぐったいという感覚すらも味わったことがなかった。私は偽りのオルガスムスを介して大人になった。孤独でほろ苦い大人の味。いずれにしても、その関係は徐々に消えていく種火のように終わりを迎え、汚い陰《かげ》口《ぐち》を聞いても何も感じなかった。ただ、いきなり持て余すようになった時間に面食らっていた。期限のない休日が続いているような感覚。行く当てもやることもなくて小説を書き始めた。書いている間は毎晩のように徹夜したが、疲れを知らない肉体の活力に少し浮かれると同時に、それを幸せと感じた。なんてことなかった。恋愛なんて一ダース失敗しても構わないとまで思うようになっていた。がむしゃらに進む喜びの泉はまもなく枯渇し、たった一滴の生気を求めてひざまずき、床までも舐《な》めるようになることを、当時の私はまだ知らない。

キャンパスを出ようと歩いていると電話が鳴った。夫だ。雑多な銀行業務と公文書の処理の依頼だった。彼は事務的に話し、私もまた素《そ》っ気《け》ない反応で返した。続いて子どものようすを訊いてきた。近況を短く伝えると、何か僕に言いたいことはあるかと尋ねられた。毎回同じ質問が続く。私が黙っていると、彼は挨拶の言葉をつぶやいて電話を切った。

彼がイギリスに発《た》つ前、私たちを担当した心理カウンセラーは、二人に必要なのは対話ではなく信頼だと言った。昨年は最悪だった。どれだけ沈黙していられるか賭《か》けでもするように、二人とも口を利かなかった。同じ屋根の下に一日中いるのに、一言も言葉を交《か》わさない日もあった。彼は私を憎悪し、私は彼を嘲笑《ちょうしょう》した。いや、反対だったかな。とにかく彼がイギリスに旅立ってからは、形式的なご機嫌伺いの電話が来るようになった。今は遠い親戚のようにお互いの無事を祈り、それ以外には気を遣わない。大陸の間に長い休戦ラインが引かれたわけだ。

次の週は全力で翻訳の仕事に没頭したが、大した成果はなかった。『難破船』と失踪した男性の話が頭から離れない。実は女性で、詐欺師で、吐《は》き出《だ》される言葉の全てが嘘だった人間。

これが〈ネタ〉になることはわかっていた。小説を書かなくなって七年、作家としては廃業しているも同然だったが、まだ勘まで失ったわけではない。これは小説になりそうなストーリーだ。この物語を書きたかった。正確に言うなら、自分が書いたこの物語を読みたかった。書けるようになりさえすれば、すべては好転するはずだし、静止していた人生も再び動き出すはずだ。その希望をまだ捨ててはいなかった。

週の最後の日に会いたいとジンにメッセージを送った。すぐに返信が来た。

「同じ時間、同じ場所で会いましょう」

私たちはカフェ〈二階〉で再会した。ジンは刺繡《ししゅう》を施したブラウスにネイビーのスラックス姿だった。仕事の帰りだそうだ。彼女は近所のベビースタジオで写真を撮る仕事をしている。

「話があるとおっしゃっていましたよね?」

ジンが尋ねた。

「はい、急にお呼び立てしてすみません」

「あの人の話でしょうか?」

「はい、そうです」

私は少し間を置き、彼女は体を揺らした。

「早くおっしゃってください」

「ご存じだと思いますが、私は作家です」

テーブルに両手を置いて切り出した。

「でも、もう長いこと書けずにいます。白紙の前に座っていると目の前が真っ白になってしまって一行も書けない、そんな状態が何年も続いています」

一言ずつ、何かに押し込めるように吐き出していった。

「でも先週あなたに会ってから、この一週間は何かに魅了されたみたいに、あの話が頭から離れなくて。気になる点も出てきました。何がその人に嘘をくり返させたのか、その始まりと終わりを知りたいのです。単なる興味から申し上げているのではありません。これは一種の謎解《なぞと》きだと考えています」

「謎解き?」

ジンは聡明《そうめい》そうな眼差《まなざ》しで私を見つめて訊き返した。

「彼についての小説を書きたいという意味ですか？」

「はい、できるなら」

「それが用件だったわけですね」

ジンは失望の色を見せた。

「彼が残した日記を見せてもらえないか、お願いをするために来ました」

ジンは窓の外に視線を移した。

「……どうでしょう。あの人はそれを望むでしょうか？」

しばし沈黙が流れた。私はじりじりしながら両手を組んでいたが、ジンはこちらに向き直ると言った。

「一つだけ条件があります。小説を書き終わったら、まず私に見せてください。もし許可しない場合は本にしないということで」

「約束します」

「日記をお送りします。あの人の私物もお望みであればお渡ししましょう」

数日後、段ボール箱に収められた荷物が届いた。イ・ユサンが残していった本、手帳、電話番号帳、公文書、そして六冊の日記帳。偽りの人生を生きた彼女が日記を書いていたというのは、なんとも皮肉な話だ。いや、もしかすると矛盾のない嘘をつき続けるためには、それこそいちばん必要な作業だったのかもしれない。ノートに手書きで記録していた日記は、ジンの家で暮らすようになってからパソコンの文書に変わっていた。ばらばらの紙をクリップでまとめた束は、何か秘密を抱えているように白く輝いて見えた。表紙の右下に小さく〈イ・ユミ〉と名前が書かれていた。くり返し口にしてみたが、何も感じられない、空っぽの器も同然の名前だった。

隣で段ボール箱をのぞき込んでいた娘が、底に入れられていたマトリョーシカを見ると歓声をあげた。ロシアの伝統衣装を着た少女の木彫り人形は鮮やかな宝石で彩《いろど》られている。一緒に一つずつ取り出してリビングの床に並べてみた。人形の中の小さな人形、その中のさらに小さな人形、そして最後にはピーナッツほどの大きさになった人形を、まさかという思いで上下に開けてみると、なんと中から小豆ほどの少女が飛び出してきた。にっこり微笑んでいるほかの少女たちとは、どこか違って見える。手のひらに載せて目がひりひりするまで見つめてみたが、表情を見分けることはできなかった。

二．うつ病のピアニスト

イ・ユミはオーダースーツ店で生まれた。五月、空と緑陰が美しい春の日のことだった。休みなく働く夫に間食を用意して出した妻は下腹部に激痛を感じて倒れた。びっくり仰天した夫が布の積まれたソファに寝かせると、あっという間に真っ白なキャラコが深紅に染まった。悲鳴を聞いて駆けつけた向かいの洋品店の女主人は事態の深刻さを知り、妊婦のスカートをめくってみた。そして臨月の妻に間食を頼むなんて恥を知れと怒鳴《どな》りつけた。もうすぐ赤ん坊が出てくるから、急いで近くの病院に運ばなくてはならない。呆然自失のテーラーが脇《わき》を抱えて起こすと、妊婦は獣のように泣き叫んだ。とても動かせる状態ではなかった。血まみれの脚の間から赤ん坊の頭が見え隠れしていた。

洋品店の女主人は悲壮な顔で店のドアを閉めなさいと言った。埃《ほこり》と糸くずが散らばる店内で、まだマシな場所といえば仮縫い室だった。妊婦をそこに移動させたテーラーは命じられたとおりにお湯を沸かし、清潔な布を運んだ。赤ん坊は二十分後にこの世へと引っ張り出された。妊婦はその場で気を失い、テーラーはエジプト座のシルクで赤ん坊を包んだ。手足の指が十本ずつ、とても健康な女の子だった。

名前はイ・ユミ、テーラーの母親の名前をつけた。息子を孤児院に預けて失踪し、帳簿に残っている名前以外は何一つ残してくれなかった母親の名だ。彼は無学だったが、幼い頃から近隣の米軍基地のオーダースーツ店に出入りして技術を磨《みが》いたおかげで、三十代から裕福な新婚生活を送っていた。同じ孤児院で育った妻には先天的な聴覚障害があり、知能も六、七歳程度だった。だが夫のおかげで夢の花園を歩いているみたいに幸せそうだったから、テーラーは妻の障害に不満を感じたこともなかった。

結婚して十年が過ぎても子はできなかった。おそらく自分たちに〈資格〉が足りないからだろう、テーラーはぼんやりとそう思っていた。父親になるなんて——機嫌が悪くなると気の向くままに暴力をふるう孤児院の院長や、十年にわたって自分をタダでこき使った先輩テーラーしか父親のモデルはいなかったが——とても想像がつかなかったからだ。休日も働いてこつこつ貯金し、三十代になると近隣でもっとも大きなオーダースーツ店を開いた。孤児院出身者のサクセスストーリーと言えた。

酸いも甘いも嚙《か》み分《わ》けていると自負していたテーラーだが、四十四歳の春に恵まれた娘を見ていると、胸の奥が震えるのを感じた。妻のことは少し浮腫《むく》んだくらいにしか思わず、こんな事態になるまで赤ん坊がいるとは想像もしなかったのだ。二人とも文字の書き方をまともに知らなかったから、出生届は洋品店の女主人の息子が代筆した。テーラーは感謝の気持ちを込めて、彼にスーツを一着仕立てた。

子どもは病気もせずにすくすくと成長したが、よその子に比べて言葉が遅かった。朝から晩まで一緒にいる母親はまともな文章を駆使する術《すべ》を知らず、父親は寡黙だった。無声映画に登場する家のように静かだったが、子どもは時折びくりと体を震わせて目覚めた。塀の向こうから聞こえてくる物音のせいだった。クラブからうわんうわんと響いてくる音楽、女たちが米兵を呼び込む声、ビール瓶《びん》が壁にぶつかって割れる音……。オーダースーツ店にはクラブで働く女たちがひっきりなしにやってくる。衣装やパーティードレスをレンタルするためだ。その中の常連だったローラは特に子どもを可愛がった。店に来るたびに頭を撫《な》で、頰《ほお》をつねり、お節介《せっかい》を焼きまくっていた。子どもがようやく発した最初の言葉も〈ローラ〉だった。彼女が無声の世界からすくい上げてくれたようなものだった。

イ・ユミは漆黒の瞳を持つ少女になり、両親の愛情を一身に受けて育った。テーラーはひとり娘をとにかく可愛がり、望みはなんでも叶《かな》えてやった。冬になると自ら女性服の型紙を起こし、袖《そで》と裾《すそ》に貂《てん》の毛皮をふんだんに縫いつけたカシミヤのコートを縫って着せた。ロシアのお姫さまが着るようなコートだ。その姿を見たローラは〈アナスターシャ〉というあだ名をつけ、近所の人もイ・ユミをそう呼ぶようになった。アナスターシャ。欲しいものはなんでも手に入れられる少女。

イ・ユミに連れられて家に遊びにきたクラスメートは、一部屋を埋め尽くすおもちゃに仰天した。繊細な美しい外国の人形であふれ返り、足の踏み場もないほどだった。その辺に転がっているアメリカ製のキャンディやチョコレートを分けてもらった。イ・ユミが飽きてしまった靴やワンピースも快《こころよ》く譲ってもらった。そして夕飯までお腹《なか》いっぱいご馳走《ちそう》になり、翌日の学校で自分たちが目にした光景について騒ぎ立てたのだが、その中には両親がおじいちゃん、おばあちゃんみたいに年寄りだったという証言も含まれていた。イ・ユミはその噂を広めた張本人を突き止め、二度とグループに入れてやらなかった。孤立無援になったその子は一年間ひとりでお弁当を食べる羽目になり、結局は転校してしまった。

イ・ユミも近所の子たちと同じで、米兵にしなだれかかって歩くクラブの女には慣れっこだった。父親が忙しい時は代わりにレンタルの服を出してきて、女たちが着るのを手伝ったりもしていた。きらきらした衣装やイブニングドレスを身に纏《まと》った女たちは、童話に出てくるお姫さまのようだった。ローラの夢は恋人の米軍少尉と結婚してアメリカに移住することだった。向こうで暮らす家や自動車、生まれてくる青い瞳の子どもたちについて尽きることなく語った。あまりに切実だったから、アメリカに置いてきた過去を懐かしんでいるのかと勘違いするほどだった。いずれにしてもローラは母親の代わりに夢と希望を教えてくれた、たったひとりの人間だった。

一九九三年、ローラは町中を震撼《しんかん》させた事件の当事者になる。恋人の米軍少尉を含む五人の米兵に輪姦《りんかん》された挙句に窒息死したのだ。十二歳だったイ・ユミはローラの遺体を目の当たりにした。大人が取り囲んでいたけれど、事件現場を把握するにはすき間だけで十分だった。ローラが借りていた五坪の部屋。イ・ユミもしょっちゅう出入りしていたその部屋に、遺体は奇妙な姿勢で倒れていた。黄色い髪が一握りずつ引き抜かれていたローラ、青痣《あおあざ》だらけの顔が見分けのつかないほど腫《は》れ上《あ》がっていたローラ、手足が赤い紐《ひも》で縛られていたローラ、全身の穴という穴に暴虐の限りを尽くされたローラ。イ・ユミはその光景を凝視した。ざわめきが聞こえ、誰かが彼女の手をつかむとオーダースーツ店に連れていった。アイロンをかけていた父親はちらりと見て背を向けた。その隣にいた母親はぼんやりした表情でテレビドラマを観《み》ていた。テレビは無音だった。イ・ユミは黙って家に入ると冷たい床に寝転がった。その日も、その次の日も身じろぎ一つしなかった。

それからめきめきと背が伸びた。食欲がなくてろくに食べてもいないのに、日陰《ひかげ》で育つ植物のようにぐんぐんと。夜になると脚の筋肉がずきずきして眠れないほどだった。父親が仕立ててくれたロシア風のコートも、すぐにサイズが合わなくなった。人形遊びや友達を家に招くことにも興味を失った。代わりにピアノの練習に没頭した。長年にわたって父親のお得意さまだった米軍大佐の妻に幼い頃から習っていたのだ。フィリップス夫人は風《ふう》采《さい》の良い四十代のアイルランド系白人で、有名な音楽大学の出身だった。うつ病の気分転換にと近所の子にピアノを教えていたが、ほとんどの子がひどく哲学的な教授法について いけなくて逃げ出してしまった。ピアノの前に座る姿勢だけを一年間ひたすら練習させるのだ。

スランプから抜け出せずにステージを降り、軍人の夫について世界中をさすらってはいたが、フィリップス夫人はヨーロッパで正式な教育を受けたピアニストだった。彼女は筋肉の鍛錬だと『ハノン』を一日に二時間も弾くような練習法を軽蔑《けいべつ》していた。代わりに重視したのは、完全に弛緩《しかん》した手による軽やかな音だった。そうして作られた音色だけが空気に溶けていくのだと強調した。真のピアニストは音が消える瞬間を作り出せなくてはならない。水滴さながらに親指を鍵盤《けんばん》に落とす練習を果てしなく続けた結果、イ・ユミは誰よりも澄んだスタッカートと透明なレガートを実現させることに成功したが、まともに演奏できる曲はいくつもなかった。頭の中で完全に音楽が生きて動き出すまでは、フィリップス夫人が鍵盤に手も触れさせなかったからだ。

うつ病が悪化したフィリップス夫人が本国に帰国するまでの五年間、イ・ユミはその家に通った。この期間に基本的な英会話や西洋式の食事マナーなどを身につけたが、肝心のピアノの実力だけは期待していたほど伸びなかった。夫人が韓国を去ると、イ・ユミは近所でもっとも大きなピアノ教室を訪ねた。彼女の演奏する姿を見た院長は基礎からのやり直しが必要だと舌打ちした。しばらくは幼稚園児に交じって鍵盤練習をしなくてはならなかったが、背筋を伸ばしてピアノの前に座る姿勢だけは、偉大なピアニストに引けを取らなかった。毎晩カーネギーホールでまばゆいばかりの光を放つ主人公になった自分を夢見た。

芸術高校を受験すると決めたイ・ユミは、グランドピアノを買ってほしいと父親にねだった。自室には年代物の国産ピアノが一台あったが、ここからは目指す道が道なだけに、スタインウェイか最低でもヤマハ程度のピアノが必要だと考えたのだ。遅くに授かった娘のどんな願いも叶えてきたテーラーだが、ピアノの値段を聞いたら頭がくらくらしてきた。実際に当時の彼はしょっちゅう目眩《めまい》を感じていた。長時間座っていて立ち上がった時だけでなく、何もない平たい場所を歩いたり、角を曲がったりする時も頻繁にぐらついた。食欲もなくなり、ただでさえほっそりしているのにますます痩《や》せ細《ほそ》っていった。若い頃から吸っているマリファナの影響かもしれなかった。

彼は死ぬまで酒も煙草《たばこ》もやらなかったが、慢性的なマリファナ中毒だった。洋服のパターンを入れているキャビネットに一袋ずつ薬を隠しておき、つねに一定量が保《たも》たれるよう管理していた。金曜日になると店を早仕舞いし、近くの野山の麓《ふもと》に這《は》っていくと、こっそりマリファナを吸った。週に一度だったのが数年の間に二度、三度と増えていったが、寄る年波には勝てずに体の限界を感じるようになっていた。店の収益は目に見えて減少していった。オーダースーツを着る最後の世代が消えつつあったからだ。危機を打開する策としてイタリアの有名ブランドのスーツ生地《きじ》を大量にそろえたが、それも処理不能の在庫として残ってしまった。墜落の瞬間はゆっくりと、目前に迫りつつあった。

齢《よわい》六十、薬に溺れて衰弱した男が、どんな心情で十四歳の娘を見つめていたのかは想像もつかない。グランドピアノの値段を聞いたテーラーは沈黙を押し通し、慌てたイ・ユミはさらに強く出る作戦に変更した。数度のヒステリックな押し問答の末、生まれてはじめて父親に頭をぶたれた。だが、ここ数年で驚くほど背が伸びた彼女にはさしたる打撃にもならなかった。ただ軽蔑の眼差しで父親を見下ろすだけだった。

その晩遅くまでテーラーは家に戻ってこなかった。マリファナを吸ってきた日は、体のあちこちに木の枝で引っ掻《ひか》かれた跡や野草の種が見られた。野山をかき分けて歩く野獣さながらといった風情だった。妻は朝露の降りる頃に帰宅する夫のありさまを目にしても、事態の深刻さを感じ取れなかった。

グランドピアノを諦めてからは練習熱も冷めていった。そもそもピアノの問題ではなかった。イ・ユミは上級クラスの練習量をこなせなかった。芸術高校の入試クラスに通う生徒たちは、朝から晩まで死力を尽くして練習に没頭しなければならない。誰々は練習室のピアノの弦を切ったという武勇伝も珍しくなかった。その息がつまるような雰囲気に、徐々に疑問を持つようになっていったのだ。リズムを間違えるたびに手を引っぱたいてくる院長もおぞましかった。フィリップス夫人式の優雅な教授法は、あそこでは目を皿のようにして探したところで皆無だった。誰が速く強く鍵盤に指を叩きつけられるか、全員が力比べをしているみたいだった。ある日、ピアノ教室に行く途中で引き返すとレコード店に向かった。そこでアイドルグループのCDを買って家に戻ると、二度と教室には通わなかった。芸術高校にはこっそり願書を出してみたが、点数不足で実技試験に進めなかった。

●REC

このお水、飲んでもいいですか？　何を話したらいいのかしら。ユミはずっと前に、この町を去りました。それから一度も連絡がつきません。同窓生も、あの子の消息は誰も知らないみたいでした。まあ、私も友達と会わなくなって久しいですけど。彼女たちも子どもができて、時間を作るのが本当に難しくなったそうです。私ね、未婚なんですよ。よく言うじゃないですか。男性がもっとも恐れるのは三十代の行き遅れ。バツが付いているとか夫と死別した女性のほうが、まだ気が楽だって。この歳《とし》になると、結婚している友人と会っても話すことがなくて。お互いに正反対の生活をしていますからね。子どもの離乳食の話を三時間も延々と語りまくるので、あんまり呆《あき》れて時間を計ったんです。そういう話はそれくらいにしたらって言ったら、じゃあ何を話すのと訊き返されてしまいました。高校時代の思い出に浸るだけの時間をいつまでくり返すのか、ですって。しかも私に向かって現実を見るべきだって忠告までするのです。女としていちばん良い時期にあれこれ目移りしてたから、こうなったんじゃないかって。頭にきますよ。まともな男性を紹介してくれたこともないくせに。数年前からは、誰か紹介してあげるという声も聞かなくなりました。週末は部屋の隅《すみ》っこでひとりテレビを観ながら、ビールをちびちび飲むのが日課です。でも今の生活にはほぼ満足しています。それなりの技術職に就いているし、小さいけれど家もある、趣味を楽しむ余裕もありますから。だって全てを手に入れるのは不可能でしょう？

　ところで、ユミの何を知りたいのでしたっけ？　来る途中にあの子の顔を思い出そうとしてみたのですが、どうも記憶が曖昧《あいまい》で。一緒に過ごした時間ははっきりと覚えているのに、顔はぼんやりとしか浮かんでこないんです。ユミはものすごく背が高くて、学校一ののっぽだったはずです。当時は制服を短くするのが流行《はや》っていたけど、あの子はだぼだぼの服ばかり着ていました。体のラインがあらわになるのが怖かったのだと思います。十六歳……ええ、私にもそういう時期がありました。いつもお腹が空《す》いていて、そのくせお腹が痛くて、とにかくお腹の調子が悪くてごろごろしていた時期が。

ユミとは女子高の一年生の時に出会いました。物静かな子でした。いつもベートーヴェンの楽譜を脇に抱えていましたが、音大への進学を準備しているようには見えませんでした。どこの大学を受けるつもりなのかと尋ねても、考え中としか答えなかったですね。理由はわかりませんけど、彼女のことは好きでした。秘密めいた雰囲気、何に対してもやる気のなさそうな態度は、同年代の子たちとは違う、早熟した印象だったのでしょう。親友のヒジンとジユンに紹介して四人で行動するようになりました。私たちは中間レベルの成績をうろうろしていましたが、高卒で就職するために実業高校を選択する勇気もなく、だからといって大学受験も無理という落ちこぼれ状態だったわけです。私は地方の短大でもいいから合格して、とにかく大学生になれたらと願っていました。それ以外には望むこともありませんでした。友達と群れ、テレビから流れてくるゴシップにキャーキャー騒ぎ立て、トッポッキを食べ、男子について悩むのが日々の全てでした。

同じクラスのませている子たちは早々に初体験を済ませ、長期休みが終わるたびに、その数は倍に増えていきました。ヒジンには彼氏がいたので、あの子もそう遠くないうちに経験するはずでした。私たちもヒジンの彼氏や、その友達とは会っていました。放課後の夜間自律学習が終わると、スカートを三回折ってグループデートしていましたから。両親は明け方まで読書室で勉強していると思っていましたが、実際は男子と一緒にカラオケボックスや個室ビデオで過ごしていました。暗く狭い空間にいると彼らの目つきがおかしくなっていって、私たちは恐怖と同時に自惚《うぬぼ》れを感じたものです。怖いのに自惚れるなんて奇妙な感情だと思いません？

とにかく寝る時間以外はいつも一緒にいたので、四人は姉妹以上の固い友情で結ばれていました。ユミ以外の三人は同じような坪数の賃貸マンションに住んでいて、共稼ぎの両親に一、二歳違いのぞっとする男兄弟という家族構成まで同じ。ワンシーズンねだり続けてようやく安価なブランドのジーンズを、それも母親の顔色を見ながら選べるような家庭環境でした。ユミは違いました。ＧＵＥＳＳのジーンズを何本も持っていたし、遠足や修学旅行で身につけていたカバンや靴、帽子も全部オーダーメイドだったんですよ。有名な政治家の隠し子だっていう噂もありました。事実なのって訊くと、あの子はびっくりして手をぶんぶん振っていましたが、うっすらと微笑む姿はなんとも疑わしかったですね。

私たちとつるんではいましたけど、ユミにはどこか浮いているところがありました。男子と一緒にいても、誰かが自分に興味でも示そうものなら、うんざりした表情で席を立ってしまうのです。情けないと思ったのでしょう。あんな連中と密着して座っているくらいなら、燃え上がるような小説でも読むほうがマシだと言っていました。ユミはロマンス小説マニアでした。私も借りて読んでいましたが、あの子のコレクションには大抵の恋愛ストーリーがそろっていました。貴族の女性を拉致《らち》したアラブの族長、田舎娘《いなかむすめ》と恋に落ちた伯爵、大金持ちになった馬小屋の番人と再会した財閥令嬢、タイムトラベルして出会ったスコットランドの戦士と看護師……。ものすごいカップルばかりでしたよ。私たちは男性主人公を自力成功タイプと名門出身タイプに分類して、タフな代わりにマッチョ思想な自力成功タイプと、マナーはあるけど少々退屈な名門出身タイプを天秤《てんびん》にかけたものでした。平坦《へいたん》な結婚生活には後者が、セックスには前者が向いているのは明らかでした。そういう小説にはまっていると、その辺をうろうろしている男子はドジョウやカレイくらいにしか見えません。汚いマットレスの上で、どうにかして一発やろうとしている子たちのことです。

高三になった年の春に数人の若い教師が赴任してきました。ユミはその中の数学教師が気になっていました。背が高くて黒縁の眼鏡をかけ、何かに気を取られているみたいにふらふら歩く人でした。女子高に着任したばかりの独身の先生でしたから、本来なら芸能人並みの人気を誇ってもいいはずなのに、冷たく神経質な性質のせいで誰も寄りつきませんでした。ユミは飲み物やハンカチ、キャンディボックス、紙で折ったバラの花なんかを頻繁に貢いでいました。ところが尽くせば尽くすほど、先生は煩わしく思うようになったみたいです。あんな人間のどこが良いのかとユミに尋ねたら、自分に向けられる虫けらを見るような眼差しがたまらないんだとか。いずれにしても変わった子でした。

ある日の数学の時間、先生は黒板いっぱいに模擬テストの強化問題を書き写すと、ユミにいちばん上を解いてみなさいと言いました。ユミは無邪気にわかりませんと答えました。すると先生は、じゃあ下の問題、その下の問題とゴマ粒並みの小ささで書かれた問題を一つずつ、あの子に尋ねていきました。ユミが一問もまともに解けない鳥頭だと証明されると、ようやく授業が終わる時間になりました。先生はふらふらと教室を出ていき、ユミは真っ青な顔で座っていたのを覚えています。ホームルームが終わり、ユミは教務室に呼び出されました。先生は数学の問題集を差し出すと、他《ほか》のことに気を取られている暇があったら、がむしゃらに勉強しろと言ったそうです。

ユミはその日から夜間自律学習の時間に、先生の補習授業を受けることになりましたが、間近で見たらがっかりしてしまったようです。シャワーもきちんと浴びていないうえに口臭もひどく、机の下でひっきりなしに貧乏ゆすりをするのだとか。数学の時間に侮辱されてから愛想《あいそ》が尽きてしまったようでした。でも不思議だったのは、補習の最中に恋人から電話が来るたびに先生が嘘をつくことでした。机に向かうユミの前でスポーツジムだ、書店だ、カフェで友人と会っていると作り話をするのです。補習が終わると家までユミを送ってくれることもありましたが、ある日いきなり薄暗い場所に車を停《と》めると、自分とキスしたいかと尋ねてきたそうです。ユミは黙っていました。すべて自分が招いた結果だし、今さら逃げられないという気になったからです。結局は近くにある先生の部屋でセックスをしました。冷めたピザの欠片《かけら》や、すえた臭《にお》いを放つ靴下が散らかっている床の上で。下着を脱ぐ前に少し抵抗したそうですが、先生が哀願《あいがん》するのでどうしようもなかったと言っていました。

家に帰ったユミはバスルームのドアに鍵《かぎ》をかけ、小声で悪態《あくたい》の限りを尽くしながらスカートを洗いました。誰かに見られたらいけないからと、先生は送ってもくれませんでした。水がぽたぽたと滴《したた》り落《お》ちる制服のスカートをベッドの下に干し、横になってじっくり思い返してみると、先生も初心者なのではないかという疑問が湧《わ》いたそうです。挿入に何度も失敗して途方に暮れていた、動きも硬かった、とにかく最初から最後まで場慣れしていなかった。ただただ痛くてひりひりするのも、あいつが下手だったからだと思ったら、悔《くや》しくて耐えられなかったはずです。それなのに先生はすべて過ちだったというショートメッセージ一本で、一方的に補習授業を終わらせてしまいました。そして恋人を学校に呼び入れると、人目もはばからずに腕を組んで歩いたのです。背が低くて丸々とした、なんだかキノコみたいな女でした。

男って本当に愚かですね。そんなやり方で誰にも知られずにごまかせると、本当に思っていたのでしょうか？　ユミは事が起こった翌日にすべてを打ち明けてくれました。私はその話をヒジンとジユンにしました。秘密だよって何度も念を押したけど、すぐに全校生徒が知るところとなりました。最終的には校長の耳にまで入る事態となったのです。オールドミスの校長は、すぐに彼を免職処分としました。いい気味でした。でもユミも処罰を免《まぬが》れることはできませんでした。学校にやってきた父親は腰の曲がった老人で、私たちは口をぽかんと開けたまま呆然としていたのを覚えています。大学共通の入学試験を三ヵ月後に控《ひか》えた時期でしたが、ユミも学校を去らなければならなくなりました。近隣の学校には事実よりもひどい噂が広まっていたので、誰も知る人のいない地域に移ると言っていました。私が秘密を言いふらしたことは最後まで追及しませんでした。あの子には、そういう寛容な一面がありました。引っ越しの日、家の前に立ち寄って何十冊ものロマンス小説をくれたんです。ソウルに行ったら、こういう類《たぐ》いの本はもう必要ないだろうからって。あの子を乗せたトラックは走り去り、私はしばらくその場に立ち尽くしていました。通りすがりの人に鼻血が出ていると言われました。真っ白なブラウスにぽたぽたと血が落ちてきて、上を向くとほろ苦い血の味がしたのを覚えています。

＊

インタビューの終盤で雨が降り始めた。女は傘を持ってきたと言った。三十五歳、ユン・ヨンジュは歯科衛生士をしている。

「もしかしたら役に立つかもしれないと思ったので。資料になりそうなものがあったら貸してほしいと言っていましたよね？」

ユン・ヨンジュはカバンから取り出した一冊の本を差し出した。『海賊と私』というタイトルのロマンス小説だった。イブニングドレス姿の女の腰に絡みつく、マッチョな男のたくましい腕が目に飛び込んできた。

「返さなくていいですから」

女は帰り、私は雨がやむのを待ちながら最初のページを開いてみた。フランス在住の叔母を訪ねるイギリス人女性の乗った船が海賊の手に落ち、イギリス人女性が海賊の頭目と恋に落ちるストーリーには見覚えがあった。高校一年生の頃だったか、もっとも熱狂していた作家の作品だった。

イ・ユミと同じで、私もロマンス小説マニアだった。男子のポルノ雑誌の回し読みと、女子の空想は似ているのかもしれない。ただ、私は大っぴらにロマンス小説を読んだり、友達から借りたりするなんて想像もつかなかった。いつも大型書店でこっそり買い込むと、破いた白いカレンダーで表紙にカバーを掛けてベッドの下に隠しておいた。寝る前に読みながら疑似恋愛にはまり、最終的にはマスターベーションに利用した。ユン・ヨンジュが言っていた自力成功タイプと名門出身タイプのうち、私の好みは前者だった。漆黒の髪にブロンズ肌、傲慢《ごうまん》な口調、女を自分勝手に振り回す、少しサディスティックな男たち。ロマンス小説は赤裸々な描写のベッドシーンが二、三回ほど登場するのが一般的で、それは驚くべきオルガスムスをもたらしてくれた。

マスターベーションを始めたのは十一歳だった。シャワー中に流れてくるお湯に鋭い快感を覚えたのだ。偶然かと思ったが偶然などではなく、刺激を呼び起こす正確な部位と摩擦の強さが存在した。必ずしもシャワーである必要はなかった。慣れてからは快感を長続きさせるやり方も身につけた。あまりに強烈な感覚で、悲鳴をあげないように唇《くちびる》をぎゅっと噛まなくてはならなかった。腫れた唇を舌で舐め回すだけで快楽の余韻が味わえた。

息苦しい夕飯の時間が早く終わって、憂鬱《ゆううつ》な母と硬い表情の父から自由になり、幻想の世界で若く荒々しい恋人たちとベッドでもつれ合う瞬間を、毎晩ひたすら待ちわびた。ムードを演出するためにアロマキャンドルを焚《た》いたり、ロマンティックな音楽を流したりしたものだった。こんなことを続けていたら体がおかしくなるのでは、そんな不安に駆られるほど楽しんだ。快感が引いていくと、必ず罪悪感に苛《さいな》まれた。体重はかなり前に八十キロオーバーとなり、道端《みちばた》で意地の悪いガキどもに象がいるとからかわれても、聞こえなかったふりをするしかない外見だった。とても寂《さび》しくて、どうしても必要だった。いつか本物の恋人ができたら、こんな真似はすぐにやめると心に誓っていた。特殊目的高校（科学、外国語、芸術、体育などの分野に秀でた成績優秀な生徒を集めて教育する高校）の入試に備えるため、私は一日の睡眠時間を三時間減らして机に向かっていた。お前のいとこで特殊目的高校に進学できなかった者はひとりもいない、毎日のように父はそう警告してきた。

高校入試に合格すると本物の彼氏ができた。首席入学、外国語の試験は歴代最高点の子だった。特別講義に来た経済学科の教授と自由市場経済の虚と実について、激しい論争をくり広げることができた。天才少年だった。天文学者になるのが夢で、自分の名前をつけた星も持っていた。ある日、彼は私のところにやってくると、週末に天文台で流れ星を観ないかと誘った。ダイエット効果で体重は少し減ったが、それでもまだ細身の象レベルだったからデートに誘われるなんて夢のようだった。一緒に流れ星を見にいってキスをし、翌月には自室のベッドでセックスをした。私の美しい恋人たちがベッドの下で慟哭《どうこく》していた。

天才少年とは大学に進学してからも含め、なんと六年以上も付き合った。最後の一年はセックスも長く連れ添った夫婦さながらだった。そもそもやらないという意味だ。もうロマンス小説は読んでいなかったが、相変わらずマスターベーションには夢中だった。大学新聞の編集長を務め、十九世紀に書かれた英米圏の小説に登場する女性の対象化に関する論文で、学術誌から賞をもらったこともあった。でも空想の中では、いつも王や海賊といったヒーローの腕が腰に回されてベッドに放り投げられていた。お前は俺のものだと叫ばれると、いつの間にかお腹の中がきゅっと締まり、下半身がびしょびしょに濡《ぬ》れていた。

最初の恋人だった天才少年に、私は迷った末にこれまでの秘密を打ち明けた。ずっと自慰でしか気持ちよさを感じたことがないと告白すると、彼は呆れたという顔で言った。

「俺にどうしてほしいわけ？　コスプレショーでもしてくれってこと？」

そうやって私たちは別れた。彼はのちに最年少の弁理士になり、江南《カンナム》に事務所を構え、ミスコリア出身の女性と結婚する。絵に描いたような家と妻、そして彼そっくりの子どもを雑誌で見かけたことがあるが、それこそコスプレショーのようだった。でも彼を非難するつもりはない。人は誰しも自分の幻想を追い求めるものだから。

イ・ユミの所持品の中で、もっとも古いのがピアノの楽譜だった。遺物のようにすり減ってぼろぼろだった。ベートーヴェン、ショパン、そしてリストの小曲が数曲。楽譜にはどれもフィリップス夫人のサインが入っている。誰よりも彼女に会ってみたかった。一ヵ月にわたって米軍の婦人会に接触を試みた結果、十五年前の住所録に記されたフィリップス夫人の住所にようやくたどり着いた。韓国でイ・ユミという生徒を指導したことがあるか、当時について知りたいと手紙を書き、自著を一冊入れて送った。大海原に瓶入りの手紙を投げ入れるようなものだと途方に暮れながら。

新しいシッターを雇うのが遅れたので、娘を連れて週に二日ずつ父の家に通っている。一人ぼっちで過ごすのに退屈していた父は、幸いにも大らかな態度で子どもの面倒をみてくれた。少し前に叔母の家で暮らす母に会いにいったが無駄足だったそうだ。

母の家出は今回がはじめてではなかった。巨大な移民カバン（拡張できるタイプのボストンバッグ）に洋服と所持品をぶち込んで出ていくことは度々あった。お母さんは慢性的な頭痛とうつ病のせいで、自分自身をコントロールできないのだと父は説明してくれた。地方の友人の家に潜んでいた母を、父と一緒に捜しにいったことがあった。扇風機もない真夏の地下のワンルーム、一筋の光も差し込まない狭苦しい空間にうずくまっているのを見つけた。かび臭くてむかむかしたし、一体何から逃げようとここまで来たのか理解できなかった。父の手を握ってやってきた私を見ると、母は何も言わずに立ち上がった。そしてふらりふらりと先頭に立って帰宅した。

それからも何度か家出しては、父にカバンを持たせて戻ってきた。今回は違った。これまでとは反対に父を慰め、ごめんなさいとしか言わなかったそうだ。父は説得してほしいと思っているようだった。でも私は最後まで黙っていた。地下のワンルームのかび臭さが、ずっと前のことなのに今も鮮明な記憶として残っている。それに破綻した結婚生活といえば、こちらにも両親に打ち明けていない問題があった。

夫は毎週水曜日の午後にイギリスから電話をかけてきた。単調な声でマニュアルを読むように近況を尋ね、最後には決まってこちらを試すかのように、何か僕に言いたいことはあるかと質問してくる。そして私が黙っていると静かに切ってしまうのだ。どんな言葉を望んでいるのだろうか。許してほしい？　ごめんなさい？　毎日、全瞬間、後悔している？

彼がイギリスに発つ前、私は不倫の事実を告白した。いや、不倫の事実を告白したから、彼はイギリスに発ったと言うのが正しいだろう。三ヵ月にわたる不適切な関係がちょうど破局した頃だった。不貞について洗いざらい語った。私が一言吐き出すたびに、夫は顔面蒼白《そうはく》になっていった。話がすべて終わると、彼はしわがれた声で自分に何を望むのかと尋ねた。私は〈誰も傷つかないこと〉と答えたが、彼はその言葉の途中で大きな手を宙に振り上げると、私を引っぱたく代わりに壁の額縁と時計をつかんで投げた。砕《くだ》け散った時計のぜんまいの上で、時針と分針が自分の居場所から抜け出せずに、かちかちと時を刻んでいた。

それから悪夢のような沈黙が始まった。でも夫も私も、どうしても別れようという言葉は口に出せなかった。私たちは鏡の中の自分を見るように、お互いをのぞき込んでいた。十年間の結婚生活、子どもを産み、その子が自分たちに半分ずつ似た顔で育っていた。別れるというのは体の一部を切り取るも同然だった。たとえ腐りつつある部位だとしても、放棄するのは簡単ではなかった。もしかすると二人とも、その部位が自然に壊死《えし》して落ちるのを待っているのかもしれない。

フィリップス夫人に手紙を送って一ヵ月、アメリカから返信が届いた。エミリーという姪《めい》の代筆だった。夫人は数年前に筋肉の病に侵されて闘病中だそうだ。意思疎通は問題ないが手足が動かせず、姪の手を借りて書いてくれたのだった。

〈あの賢くて元気いっぱいだった少女との時間は、とても楽しかった思い出として記憶に残っています。彼女にはクラシック音楽のピアニストになる才能は不足していたかもしれませんが、いかなる障害にも屈しない意志と、周囲を明るく浄化させるエネルギーがありました。いつも暗かった我が家も、あの子のおかげで活気を帯びたものになりました。ずっと前、それもほんの一時暮らしただけですが、韓国は悲しくも懐かしい郷愁を呼び起こす場所です。症状が軽減されれば、いつか韓国に戻り、美しい女性に成長したであろう、あの少女に会いたいですね。私たちは昔に戻って寛大な音楽の庇護《ひご》のもと、平和で幸福な時間を過ごせるでしょう〉

手紙には病床にあるフィリップス夫人の写真が同封されていた。患者服を着た体格のいい老婦人が青い目で穴の開くほどカメラを見つめていたが、闘病中とは信じられないほど強烈な眼差しだった。白人の老婦人の目を見ていたはずなのに、母を思い出したのはなぜだろう。本当に不思議だった。

三. VOGUE

イ・ユミがソウルで最初に暮らした部屋は大学街にある下宿だ。もうすぐ大学へ進学するのだから、二度も引っ越す手間を省こうという彼女の主張によって決まったのだった。子どものように号泣する母親をどうにか引きはがし、父親とともに故郷を発った。車中の父親は終始無言だった。娘がスキャンダルに巻き込まれてからというもの、彼は完全に言葉を失ってしまったようだった。下宿で荷物を下ろし、近郊の女子高で転入手続きを終えると、そのまま帰っていった。イ・ユミは下宿でひとり夕飯を食べた。

大学共通の入学試験まで三ヵ月もないという微妙な時期の転入生に興味を持つ者はいなかった。一ヵ月の間、出席簿に名前すらも記載されなかったくらいだ。生徒たちは遠目にちらちらと見るばかり、イ・ユミは生まれてはじめて一人ぼっちになった。大学街の華やかな商店を見物するのが唯一の慰めだった。マネキンが着ている服、ぶら下げられているカバン、陳列台に並ぶほっそりとした靴、きらきら輝く模造宝石。その間を足が痛くなるまで歩き回った。一日中イヤホンを耳につけて過ごし、パンを買って道端で食べた。

下宿には二十を超える部屋があった。イ・ユミの部屋は十七号で、十六号には社会人、十八号にはS女子大の学生が住んでいた。十八号はいつも彼氏をこっそり引っ張り込んでは、朝までくすくす笑っていた。その声を聞いた十六号が、なんの関係もないイ・ユミの部屋の壁をがんがん叩くこともあった。冬の間は全員そろってインフルエンザを患った。一度も顔を見たことのない隣人同士だが、おそらく生理の周期まで同じなのだろうと日記には書かれている。

大学共通の入学試験が終わるとすぐに、大学近くのカフェでアルバイトを始めた。一日に十二時間ずつ二ヵ月働いて貯《た》めた金で、人生初のルイ・ヴィトンのバッグを買った。本にノート、メイクポーチまでたっぷり入れられるサイズだった。大学生活の準備は万全だったのに、肝心の入試に失敗した。自分の点数よりもレベルの高すぎる大学に願書を出したせいだ。美しいキャンパス、暮らしている下宿からも近く、卒業生の評判も良いS女子大学だった。

　不合格を知ってからの数日間、彼女は何もせずに部屋に閉じこもった。合格するという保証があったわけでもないのに、なぜこれほどの無力感に襲われるのか。布団から顔だけ出したまま天井の埃やしみを眺めていた。週末になると父から電話があった。久しぶりの会話だというのに、その声は重苦しかった。オーダースーツ店の経営が以前よりもかなり苦しいうえに、少し前から母に軽い認知症の症状が見られるという話だった。電話を切る直前になって、父はふと思い出したというように入試の結果を尋ね、彼女は当たり前のことを訊かないでよと言わんばかりの淡々とした声で合格したと答えた。両親をがっかりさせてばかりだった数年間を思うと、これは当然うまくやり遂げなくてはならないミッションだった。もしかするとプレッシャーは浪人生活に役立つかもしれない。退路を断てば、来年は必ず合格できるだろうと思ったのだ。

　数日後、父親は母親を伴ってソウルにやってきた。若者で賑《にぎ》わう大学街には場違いな、みすぼらしい老人に見えた。イ・ユミは大学の正門前で一緒に写真を撮り、アルバイトをしていたカフェに両親を連れていってパフェを食べた。父親は別れる直前に入学金と学費の札束《さつたば》が入った封筒を差し出した。その金で予備校に申し込み、残りは口座に入れておくことにした。

どの下宿も二月になると引っ越しシーズンを迎え、一日に何度もトラックが出入りする日が続いた。ある朝、予備校に行こうと部屋を出たイ・ユミはドアが開け放たれた十六号の前で立ち止まった。室内はもぬけの殻だった。どうして挨拶もなしに出ていったのだろう、そんなことを考えていると誰かに背中を叩かれた。

「十七号だよね？」

聞き慣れた声、十八号だ。ブラウンのショートヘアに丸眼鏡の彼女はS女子大法学部の四年生で、いたずら好きの少年のような顔立ちをしていた。

「うちの大学に入ったんだって？　衣装デザインでしょ？」

「……はい」

イ・ユミはうなずいた。先月に両親が来てから下宿に噂が広まっていたのだ。

「ほんと、背が高いね」

十八号はじろじろと彼女を見た。

「そのうちさ、大学の広報誌でインタビューさせてくれない？　新入生特集の記事を書いているんだけど」

イ・ユミは口ごもりながら電話番号を教えると、逃げるようにその場を立ち去った。それからは誰とも鉢合わせしないよう、明け方に目が覚めるとすぐに下宿を出た。だが太陽が昇るまで寝過ごしてしまったある日、玄関の前でまたしても十八号に出くわした。

「大学でしょ？　一緒に行こう」

十八号は自分のカバンをイ・ユミに預けると、猛スピードで顔に日焼け止めクリームを塗りたくった。下宿を出た二人はS女子大の方角に歩き出した。途中で会った数人の学生が十八号に挨拶した。イ・ユミは彼女たちと一緒にはじめてS女子大に足を踏み入れた。三月のキャンパスは空気が澄みわたり、広場をぐるりと囲むように建てられた小さなブースにそれぞれ人が立っている。サークル勧誘の時期だった。どのサークルに入るか決めたのと十八号が尋ね、まだわかりませんとイ・ユミは答えた。

ツタの這う赤いレンガ造りの建物、十八号は手を振るとその中に入っていった。法学部の校舎だ。司法試験の合格者名が壁ではためいている。ひとり取り残されたイ・ユミはしばらく佇んでいたが、衣装デザイン科の校舎に向かってみることにした。キリスト教のサークルのブースで温かいコーヒーをもらった。それを飲みながら建物全体がステンドグラスでできている衣装デザイン科の校舎を見上げた。日差しを浴びる窓ガラスが虹色《にじいろ》にきらきら輝いている。生地の束を持った三人の女子学生が笑い転げながら出てきた。その時、十八号からのショートメッセージが届いた。お昼休みに広報誌の編集部の部室で会おうとあった。

イ・ユミはひとりキャンパスの周辺を歩き回り、三時間後に学生会館の二階にある編集部の部室を訪ねた。鉄扉の前に〈関係者以外立ち入り禁止〉と書かれた立て札が見える。慎重に扉を開けて入ると、かび臭いながらも甘い匂《にお》いが押し寄せてきた。どの机にもこれでもかと本が積まれ、七台のパソコン全ての電源が入っていた。その中に座っていた十八号に呼ばれた。

インタビューの内容は簡単だった。テーラーをしている父の跡を継ごうと衣装デザイン科に入学したストーリーに、十八号はかなり満足のようすだった。そして編集部で働く気はないかと尋ねてきた。ちょうど文化・ファッションのセクションに人員の補充が必要なタイミングだったのだ。見習い記者の応募期間ではなかったが、いわゆる特別採用の提案だった。インタビューが終わると学生記者たちとピザを囲んだ。誰かと会話しながら食事をするのは、ソウルに来てからはじめてだった。食べている間は笑い声が絶えなかった。

その年のイ・ユミは予備校とS女子大を行き来しながら見習い記者として働いた。私も学生時代は広報誌の編集部にいたから、どれだけ時間を奪われる仕事なのかは身をもって知っている。特に見習い期間はあらゆる雑務に追われ、私生活なんてないに等しかったはずだ。イ・ユミは徐々に受験勉強が疎《おろそ》かになっていき、長期休みになっても予備校にはほとんど顔を出せないほどだった。

文化・ファッションのセクションは担当者が抜け、責任編集者のポストが空席状態だった。見習いとしては異例の起用だったが、イ・ユミはすぐに記事の執筆を担当することになった。お勧めの公演やファッションの常識、恋愛相談などが主なテーマだった。その中でも〈イ記者《イギジャ》の勝つぞ〉は、デートで男性をメロメロにするテクニックを伝授するコーナーだったが、すぐにいちばん人気の記事になった。イ・ユミは心から仕事を楽しんでいた。専攻を変更して――実際の彼女には専攻なんてなかったが――本物の記者になろうかと考えるほどだった。

衣装デザイン科の学生という嘘がばれるのではと不安に襲われるたび、デパートで華やかな衣類やアクセサリーを買い込んだ。父親にもらった入学金と生活費は使い切ってしまった。後期からは何かにつけて実家に電話をかけ、デザインのショーケースを準備中だと嘘をついた。生地代や作業室のレンタル代、モデル代に至るまで、大学を辞めようかと思うほど出費だらけだと訴える。そうすると父親は何も言わずに送金額を増やし、彼女は偽の写真を数枚送ることで感謝を伝えた。

その年の冬に十八号は卒業して大学を去り、彼女のポストとパソコンはイ・ユミに引き継がれた。記者奨学生に選ばれて行政データの提出を求められた時は、父が不遇な境遇の学生に奨学金を譲りなさいと言っているからと難を逃れた。おかげで裕福な実業家の娘として知られるようになった。明るく快活な性格、目を引く高級な服装が噂を広めるのに一役買ったのだろう。

大学共通の入学試験では昨年より低い点数しか取れなかった。レベルさえ下げれば、別の大学で本物の学生になるチャンスは残っていた。でも、どうしてもS女子大に入りたかった。S女子大が意味する生存の条件、それよりも下には絶対に転落したくなかった。だが受験勉強に集中することが、今までよりつらくなっていたのも事実だ。これぞ大学生活という日々をすでに謳歌《おうか》していたのだから。

全国の大学広報誌の記者は春になるとK科学大学の寄宿舎に集まり、総会を開くのが恒例だった。記者同士の交流と親睦《しんぼく》が目的だった。イ・ユミはその三泊四日の退屈な会合でイ・サンウに出会った。彼は特技を披露する時間になると真っ先に挙手して舞台に上がり、照明のない闇の中で白石《ペクソク》の詩を暗唱した。はじめて聴く甘美な詩に、イ・ユミはうっとりした。

彼はK科学大学の航空宇宙工学科の学生で、広報誌『サイエンス』の編集長を任されていた。その年の最優秀大学記者賞も受賞している。焼酎《しょうちゅう》の瓶をボウリングのピンみたいに立てて車座で酒を飲んでいた席で、イ・サンウはS女子大の広報誌を酷評した。『VO

GUE』みたいな女性誌じゃないかと皮肉った。

「だとしたら、身に余る光栄ですが」

離れた場所に座っていたイ・ユミは快活な声で答えた。

「一度でも『VOGUE』をちゃんと読んだことがあるのですか?」

面白いというように彼女を見つめ、イ・サンウは首を横に振った。

「最優秀記者が、知りもしないのに適当なことを言ったら駄目でしょう」

総会が終わってソウルに戻る途中、イ・サンウからショートメッセージが届いた。彼女の持っている『VOGUE』を借りて読んでみたいという内容だった。イ・ユミは自筆の貸出証明書がなければ駄目だと返信した。翌週になるとイ・サンウがS女子大に訪ねてきた。二人は少し距離を取ったまま、学内の湖のほとりを散歩した。その翌週に映画館で手をつなぎ、別れる直前にディープキスを交わした。

ソウルと大田《テジョン》での長距離恋愛がスタートし、関係は二年続いた。これまでの交通費とラブホテル代を合わせたら中型車が一台買えるだろうと、イ・サンウはよく冗談を言ったものだった。イ・ユミが一度も下宿に上げなかったからだ。自分の部屋でセックスショーなんて真っ平だと阻止したのだが、もっと正直に言うと、みすぼらしい自室を見られるのが怖かったのだ。代わりにラブホテル以外のデート代を全額負担した。彼らはいつも明るい雰囲気のレストランで食事をした。記事を書かなくてはという名目で高額な公演もよく観にいった。彼女は金遣いが荒かった。現実感がなかった。かなり裕福な家庭の令嬢なのだろうと、イ・サンウは自然に思うようになった。彼女が自分から語ったことは一度もなかったが、あえて誤解を解こうともしなかった。いつだったか両親の話になり、父親はインポートスーツのチェーン店を経営していると説明した。それまで〈インポートスーツのチェーン店〉なんて考えてみたこともなかったのに、つい勢いで言ってしまったのだ。すぐに父親は〈素朴な人〉だと言い足したが、イ・サンウは〈インポートスーツのチェーン店を運営する素朴な実業家〉という意味に受け取った。

取り返しのつかない高さまで積み上がっていく嘘に恐怖を感じ、イ・ユミは何度か真実を告げようと決心した。でも朝になると自信がなくなり、詐欺師だと非難されるのではないか、編集部からも追い出されるのではないかと怖くなるのだ。告白する代わりに、再び予備校に申し込んだ。カラスの群れのような浪人生たちは、華やかに着飾った彼女をしきりにちらちら見た。少なくとも、その年はかなり熱心に予備校に通ったようだ。イ・サンウが卒業を迎えたという事実もモチベーションになったのだろう。

卒業式の日に食事に招待されたイ・ユミは、彼の両親にひと目で気に入られた。二人は終始笑顔だった。父親は退任を控えた陸軍大佐で、将来は科学技術情報通信部（韓国の国家行政機関）の長官にもなれる人材だと、息子について誇らしげに語った。そのためには妻の内助が必須だとも。

「あなたったら、二人ともまだ若いのだから」

穏《おだ》やかに夫を制止する母親は、五十代後半とは思えないほど若く美しかった。別れ際に握手を求められ、その柔らかな手の感触に、自分の老いた母親が思い出されて無性に涙がこみ上げてきた。何もかも投げ捨てて母親の元に帰りたかった。それは死にたいという願望とつながっていたが、それもほんの一瞬のこと、普段はあまり母親について考えることもなかったようだ。それからもイ・サンウの家に呼ばれるたびに、しおらしい顔でロココ調の四人掛けテーブルに座を占めた。

　イ・サンウは二人が出会った日の詩を引用して、高級ホテルの一室でイ・ユミにプロポーズした。貧しい僕が、美しいナターシャを愛して、今宵《こよい》はしんしんと雪が降る……。もうユミのいない生活は想像もつかない。ユミに出会ってようやく人生が始まった。卒業後は留学することになっているから、結婚して一緒に行こうと。そして父親が母親にプロポーズした時のダイヤモンドの指輪を差し出した。その遺物のような指輪をのぞき込み、イ・ユミはいいよとあっさり承諾した。自分の虚実と嘘がばれたとしても、彼なら許してくれるだろうという気がしてきたのだ。愛おしさが込み上げるのを感じた。彼女自身も人生を演じるのに飽き飽きしていたところだった。軽い気持ちでつき始めた嘘を引きずりすぎた。二人で新たな地に旅立てば、全てリセットされる。絡まった糸の塊は捨てて、新しい糸の束を手に入れるのだ。

　結婚を約束した夜、イ・サンウはアナルセックスをしたいという長年の幻想を打ち明けた。イ・ユミは期待でいっぱいの彼の手を握り、残念だけど生理中だから次回にしようとなだめた。代わりに兄妹《きょうだい》のように並んで寝ながら手をつないだ。本当に良い妻になれそうな気がしていた。まさに眠りにつこうとした瞬間、うちの母がユミのお母さんに会いたがっているとイ・サンウが言った。イ・ユミは、とても美しいあの女性が自分の母親のような頭のおかしい老人に会うと思ったら、一気に眠気が吹き飛んだ。イ・サンウは幻想への未練が断ち切れないのか、深く息をつくと寝返りを打った。

●REC

これって録音しているのですか？　本当に記者ではないですよね？　面倒なことに巻き込まれるのはごめんなので。学生の出入りが激しいと、嫌になるくらい事件や事故の巻き添えを食うことが多いものですから。うちは二十年前からここで下宿をやっています。一昨年に母が心臓発作で倒れてからは、私が引き継いでワンルームにリフォームしました。

最近は下宿に住もうなんて子はいませんから。たとえ狭くても、誰にも干渉されない居場所を選ぶ時代です。その気になれば一年でも二年でも引きこもっていられるような部屋。だからリフォームでは各部屋にバスルームとシンク台を設置しました。最近はそういうのが人気でしょう。賃貸収入を上げられる造りがね。

夫は、母が倒れる前からこの場所に目をつけていたそうです。私たちの手に転がり込んでくるのが当たり前だと思っていたようですけど、とんでもない話ですよ。下宿代の支払いが一日遅れただけでも、帰ってくるまで部屋の前で待ち続けるのが、うちの母ですから。滞った家賃は学校や職場に押しかけてでも回収していました。若くして夫に先立たれ、そうやって四人の子どもを育てあげた人です。実の娘に古い下宿を譲る時だって、絶対にまけてくれませんでした。夫は期待が外れたとひどくがっかりするし、こっちが恥ずかしかったですよ。

私は大学には進みませんでした。学生でごった返す家で育ったので、大学なんて行ったところで意味がないと早い時期に気づいたのです。いくら女子大生でございますと格好つけたところで、結局はギャーギャー泣き喚く子どもをおんぶして、豆もやしを値切るようなオバサンになるのは目に見えていますから。恋愛ごっこに命を賭けるくらいなら、その時間に働いて貯金するほうが確実です。だって見てくださいよ。この歳で、こんな立派なワンルームマンション一棟を所有する人なんて滅多《めった》にいないでしょ？　私ね、二十歳の時から貯金通帳を十種類も持っていました。それが私にとっての学位で彼氏でしたから。

ところで、お探しの人は誰でしたっけ？　あ……この学生さんなら覚えています。名前は……ユミ、そうです。長い間ここに住んでいましたが、最後が良くなかったですね。荷物もそのままに出ていく羽目になりましたから。ものすごい数の洋服に驚いたのを覚えています。正直に言うと理解できませんでした。私はワンシーズンに二、三着もあれば事足りるので。

当時の私は貿易会社に勤めていましたが、母に急用ができると代わりに食事の支度《したく》をしていました。下宿はそれが大変でね。朝、昼、晩と毎日作らなくてはいけないので。長期休みだろうが連休だろうが、誰かひとりでも部屋にいるなら、とりあえず食べられるようにしておかないと。母のピンチヒッターをしていた時に、この学生さんもたまに見かけました。食卓でも目を引く子でしたよ。モデルみたいに背が高くて、いつもお洒落《しゃれ》していました。ファッションデザイン科だって言ってたと思います。テーブルにブランド物のバッグや財布なんかを無造作に置くから、食事中でも皆がちらちら見ていました。S女子大の学生でしたけど、華やかな服装に比べて性格は内気でした。口数が少なくて、うーん、ちょっと陰気な雰囲気と言うべきでしょうか。

下宿の玄関は共用でしたが、あの学生の靴だけが何度もなくなりました。それでも腹を立てることはなかったですね。しょうがないと首を振っておしまい。うちの母はいつも褒めていました。心が広いし、気難しいところがないのが良いって。それと絶対に人を泊めませんでした。下宿ってね、ここはラブホテルかっていうくらい、男を連れ込むのなんて日常茶飯事ですから。兄だって紹介しておきながら、朝まで喘《あえ》ぎ声《ごえ》がやかましい連中もいます。イ・ユミは四年ほど下宿にいましたけど、一度もそういう問題はありませんでした。男どころか、同性の友達すらも一度も連れてこなかったですね。母が気に入るのもわかるような、いわゆる下宿生の模範みたいな子でした。

最後の年、イ・ユミは結婚を控えていました。まだ卒業前だけど結婚したらすぐに留学する予定なので、急に下宿を出ることになるかもしれないと母に言ったそうです。そして、あの事件が起こりました。

その日は週末でしたが、母は親戚の葬儀があって一日留守でした。私は代わりに下宿の食事を用意しました。午後の三時頃だったかな、人が訪ねてきました。気品のある中年女性でしたよ。隣には真っ青な顔をした男子学生が立っていました。女性の話によると、息子がここに住んでいる女子大生の部屋に大事な忘れ物をした。それを取りに来たのだとかなんだとか。

イ・ユミは朝早くから外出していて電話もつながりませんでした。下宿人の許可なく部屋に入ることはできないと告げましたが、女性は頑として譲りません。あの部屋に息子から盗んだものがあるのは間違いない、代わりに責任が取れるのかと大声をあげるのです。優雅なマダムに見えたのに、あんな凶暴な顔つきになるなんて、こちらも制止のしようがありませんでした。

警察に通報して令状でも持ってくればいいのかと、女性は食堂の真ん中で暴《あば》れました。下宿生たちは部屋から出てきて何事かと見物しています。仕方なくスペアキーを持ってきました。忘れ物を見つけ次第、部屋から出るようにと念を押して。
ドアを開けると同時に女性は室内に飛び込みました。実際は飛び込むほどのスペースもない、狭い倉庫みたいな部屋でしたけど。古いぼろぼろの毛布と色あせた枕《まくら》がボールみたいに丸めて片側に重ねられていました。その光景を見下ろす女性の顔は嫌悪で歪《ゆが》んでいましたね。もう片側にはローテーブルがあって、数冊の大学受験の問題集が開かれた状態で重ねられていました。脱ぎ捨てた服が至るところに山積みで。隅にはファスナーの壊れたビニールクローゼットがあったのですが、女性はその中までくまなく引っかき回していました。でも肝心の品物はなかったようです。女性についてきた男子学生はどうしても部屋に入ることができず、強張《こわば》った顔でドアの前に立ち尽くしていました。こんな真似をする母親も、そのざまを見守る息子も惨《みじ》めだなと思いましたね。

その日、イ・ユミは下宿に戻りませんでした。しばらく帰ってこなかったです。一ヵ月ほどして母のところに連絡があったのですが、両親が病気で実家に戻っている、もう下宿には帰れなさそうだ、できれば部屋の荷物をまとめて送ってほしいとのことでした。私は彼女の家財道具を大きな段ボール箱三つに詰めました。ひと目で高級品だとわかる衣類が、部屋のあちこちにぐちゃぐちゃのまま突っ込まれていました。そしてS女子大の広報誌も。イ・ユミが作っているという話は聞いたことがありました。

私は美容院でも雑誌は読まない人間です。でも、その日は束の中から一部を抜き取り、イ・ユミが書いた記事だけを読んでみたんです。すごく面白かった。世間知らずのお嬢さんがあんな目に遭うなんて気の毒だな、そんな気持ちになりました。ワンピース、靴、バッグ、コスメ、そんなものが人生を変えてくれると本気で思っていたなんて、本当に愚かですよね。私は夫も子どもも信じていませんから。信用できるのはワンルームマンション、これだけです。

＊

イ・ユミとどこかですれ違っていたのかもしれない。全国大学生広報誌連合会、私も参加したことがある。おそろいのオリジナルTシャツ姿で講堂に立つ大勢の学生の中にイ・ユミ、イ・サンウ、そして私も一緒にいたのかもしれない。でも、その年の最優秀記者賞をもらったK科学大の学生については何も思い出せなかった。伝え聞いたところによると、彼はスイス留学からの帰国後は大企業の研究職に就いたそうだ。科学技術部の長官に上りつめるという野心はどうなったのだろうか。インタビューを申し込んだが断られた。〈私はそんな女性は知りません〉。これが彼からの短い返信だった。

イ・ユミが四年ほど暮らした下宿は当時の経営者の娘が引き継ぎ、今はワンルームマンションとして運営されている。もしや下宿で仲良くしていた友人や同期がいたかもと期待したが、そんな人はいなかった。イ・ユミはS女子大の人気記者だったが、イ・サンウ以外の誰とも親しい関係を築かなかった。事情はどうあれ、彼の母がイ・ユミの部屋に踏み込んでから二人は別れた。どうして最悪の事態にまで至ったのか、日記に詳細は書かれていない。おそらく彼の家は結婚を急ぐためにイ・ユミの両親に会いたがっただろうし、イ・ユミはそれを避けるのに必死だっただろう。でも、イ・サンウの母は想像していたような悠々自適に暮らす奥さまなどではなかった。陸軍士官学校の出身でもない夫を大佐にまで押し上げた、不屈の意志を持つ女性だったのだ。

イ・ユミが大学生でも裕福な家の娘でもないと明らかになった日、イ・サンウは指輪を返してほしいと告げた。はじめてデートしたS女子大の湖のほとりで待ち合わせた。彼はずっと地面を見ていた。目も合わせられない、おぞましい存在に接するような態度で。

「一度だけ私の話を聞いて」

「なんだよ、今度はどんな嘘をつくつもりだ?」

イ・サンウは卑劣な笑みを見せた。はじめて見る彼の顔にイ・ユミはたじろいだ。

「少しでいいから。話を聞いてほしいだけなの」

「無駄だって。どんな事情があるにせよ、もうお前は必要ない」

嫌悪感を隠そうともしない表情にイ・ユミは震えた。何も言わずに指輪を外して渡すと、彼はポケットにしまって一度もふり返らずに立ち去った。それで本当に終わりだった。

イ・ユミは湖のほとりに座って夕焼けを眺めた。彼に伝えたかった。全部が嘘だったわけではない。付き合っている間は心から愛していたと。でも今となっては、それも疑わしかった。二人が交わしたのが本物の愛だったのなら、なぜこれほど簡単に壊れてしまったのだろう。彼を怒らせたのはイ・ユミの嘘ではなく、インポートスーツのチェーン店の令嬢でなかったという事実なのかもしれない。とにかく彼は、もう彼女を必要としていなかった。驚くほどあっさりとした心変わりだった。陽《ひ》が落ちて湖のほとりは闇に包まれ、彼女は帰ろうと立ち上がった。下宿の前に着いた時に携帯が鳴った。父の危篤を知らせる電話だった。

父親がマリファナ中毒であることは知っていた。彼がお灸《きゆう》のような、くどい匂いを漂わせて帰宅する金曜日の夜は、家の空気がいつもと違っていた。普段は寡黙な父親が愛情深く抱きしめてきたり、夜通し歌ったり、ポケットのお金を全部くれたり、いつになく心を開いて話してくれたり。だからマリファナに対する嫌悪感はなかった。

だが結局は、そのマリファナが父親にとって命取りになった。いつものように酔って気分よく家に向かう金曜日の夜だった。山を下ってきたジープはふらふら歩く後ろ姿に気づけず、彼を背後からひき潰《つぶ》していった。夜通し倒れたまま血を流し、翌日の午後に登山客に発見されて病院へと搬送されたが、医者は手術をしたところで回復の見込みはないと告げた。連絡を受けて駆けつけたイ・ユミは、白目をむいて横たわる父親を見下ろした。子どものように小さな体に年寄りの顔をした男は、生涯にわたる唯一の資産だった手をひっきりなしに震わせていた。イ・ユミはその手を握りしめ、震えを落ち着かせようとしたが無駄だった。汚く荒れた手。父親は脳死判定を下された一週間後に肺炎で亡くなった。

通帳には金がほとんど残っていなかった。必死にかき集めたが、なんとか葬儀を出せる額にしかならなかった。弔問客もほとんどなかった。父親にいたのは客ばかりで、友人はひとりもいなかった。イ・ユミは母親と二人きりで火葬場のベンチに座って順番を待った。日差しの強さに息がつまるような日だった。

母親は小柄《こがら》な男性が通り過ぎるたびに顔を上げてじっと見つめた。父親を捜しているようだった。男たちに向かって声を張り上げた。服の端《はし》をつかんでは、力なく放すことをくり返した。イ・ユミは少し離れた場所で、そんな母親を見ていた。

夫と父親を失っただけでは事態は終息せず、押しかける借金取りによってオーダースーツ店を、最後には家まで失うことになった。店は長いこと経営不振に喘いでいた。危機を打開するために別のビジネスを始めたが、それすらも同業者の裏切りで頓挫《とんざ》してしまったのだ。結局はサラ金に手を出し、借金の額は二十倍にまで膨《ふく》れ上《あ》がっていた。その中にはイ・ユミが受け取った生活費や学費も含まれていた。実際にはデートやショッピングで使い果たした金だった。

一週間で家と店を明け渡さねばならない。金になりそうなものはヘアピン一つまで売り払うつもりだった。店にはダイヤル式の南京錠《ナンキンじょう》がついたキャビネットが置いてあったが、どの数字を合わせても一向に開く気配がない。朝までかかりっきりになっていたイ・ユミは、これが最後と自分の誕生日を入れてみた。その瞬間にカチャリという音がして扉が開いた。巨大なキャビネットの中に入っていたのは一束のマリファナのみ。父親が遺《のこ》してくれた、たった一つの遺産だった。いくらもない荷物をカバンに詰め込むと、母の手を引いてその地を去った。

母親はソウルに行こうという娘の提案を受け入れようとしなかった。一度だけ経験した、あの煩雑さや居心地の悪さが怖かったのだ。年齢も七十近くになり、もともと低かった知能は大きなショックで麻痺《まひ》状態になっていた。イ・ユミは悩んだ末に、洋品店の女主人のところに母を連れていった。自分を取り上げてくれた産婆でもある女主人は、数年前から老人ホームビジネスを始めていたのだ。言葉遣いは荒かったが、店の二階をいくつもの小さな部屋に仕切って老人を受け入れ、日がな一日折り紙をする保護施設だ。規模は小さいが清潔だし、少なくとも経営者の人柄だけは信用できる。真っ白な髪を結い上げ、曲がった腰にエプロン姿の女主人は黙って二人を迎えた。入居に必要な保証金が足りなくて途方に暮れるイ・ユミの背中をさすり、懐《ふところ》事情が良くなったら送ればいいと寛容な言葉をかけてくれた。母親は女主人の腕にしがみつき、彼女に向かって手を振って見せた。

　イ・ユミはひとりぼっちでソウルに戻ってきた。手元に残ったのは五十二万ウォン。それが全額だった。自分の犯した過ちを後悔したのだろうか？　大学生になりすますことで浪費してしまった時間や金に、遅まきながら未練を感じたのだろうか？　その時期の感情は日記に一行も書かれていない。残金と支出の内訳、パンに水、生理用ナプキンの値段についての感想が短く記されているだけだ。窓のない二坪の考試院《コシウォン》（大学入試や公務員試験の受験生が缶詰になって勉強するための安価な宿泊施設だったが、現代では賃料を払えない人々の簡易宿所にもなっている）に入り、そこで公務員試験の準備をするという計画を立てたが、有り金が十万ウォン台まで減ると不安に襲われた。持っている中でもっとも良さそうに見える服を着ると、仕事を探しに出かけた。母を預けている老人ホームに金を送らなくてはならなかった。

四．求人広告

私は大学を卒業した年に、短期間だが映画の雑誌社でインターンとして働いたことがあった。良く言えばインターンだが、交通費にしかならない給料で企画会議からグラビア撮影にまで追われる日々だった。まだ小遣いをもらっていたから可能な生活だった。一緒に働いた五人のインターンも似たような高学歴の無能力者で、漠然とした夢を追って終わりの見えない労働にしがみついていた。

当時は三十代の映画監督Kと恋愛中だった。彼は国内のインディペンデント映画祭で早くから注目を集めていた新鋭で、自分の才能に対する確信と度胸のある男だった。私は最初のデートで魅了され、すぐに関係の主導権を失った。普段は連絡がつかなくて気を揉《も》み、深夜に電話一本で呼ばれると、それがどこであろうと駆けつけた。正気を失うほどの焦燥感が幸せなのだと思い込んでいた。ところが幸せなはずなのに拒食症を患った。彼の前では健康で人生を楽しんでいるように食べまくったが、すぐにトイレで吐く日々だった。いつだったか、彼がいかにも笑えるといった表情で〈あばら骨が浮き出ていない女は女だと認めない〉と言ったせいなのか、見返りのない大量の業務に忙殺される社会人一年生の神経症だったのかはわからない。とにかく体重が四十キロ台に落ちるまで食べたものを吐き続けた。そのうちに最初から食べないという方法を選ぶようになり、一日の食事量をブラックコーヒー一杯とチーズ二枚までに抑えるようになった。胃酸が逆流してくるせいで歯茎が腫れ、骨粗鬆症《こつそしょうしょう》の一歩手前だったが、周囲は本当にスタイルが良いと褒めそやした。女たちは私を見るとしょんぼりした。今までこれほどの見返りが与えられたことはなかったが、些細《ささい》なことにも神経を尖《とが》らせ、すぐに疲れてしまうようになった。結局は正規採用を目前に控えていた職場も、かなり深い関係になっていた彼氏も手放すことになった。骸骨《がいこつ》みたいにがりがりの体で部屋に引きこもっていた私に、イギリス行きのチケットを手配してくれたのは両親だった。

赤いキャリーケースと一緒におとなしく機上の人となった。イギリス南部の小さな海辺の町に落ち着き、翌年には市立大学で英文学の講義を聴くようになった。そこで博士課程にいた夫と出会ったのだ。お腹が出っ張っていて、おじさんみたいにヒゲを伸ばしていた。誰もが認める品行方正な男で、韓国人青年会の会長で、週末になると近くの孤児院でボランティアをしていた。最初はバカにしていた私は徐々に好感を持つようになり、一学期が終わる頃には彼の家で一緒に暮らすようになった。そこで二作目の小説を書いた。その作品が、ある出版社の公募に選ばれて作家になった。

プロポーズしたのは私だった。大人になったと今こそ証明したかったし、愛情深い彼の心を永遠に捕まえておきたかったし、自分の若さを自分で祝福したかった。親の参列もなく海岸沿いのカフェで結婚した。やっと二十四歳になったばかりだった。命が終わらなければいいのにと思っていた時期だった。

二十四歳のイ・ユミはソウルの平倉洞《ピョンチャン》にあるA美術館で、セレクトショップ〈ART〉の店員として働いていた。その前はコスメショップ、コーヒー専門店、コールセンター、居酒屋、大型スーパー、エステ、ゴルフ場、そして名前を明かさない数ヵ所で働いた。この時期の日記はあちこち抜けている部分が目を引く。どんな仕事も与えられた役割をこなしていたようだが、長続きせずに飽きてしまい、些細なきっかけで辞めては職場を移ることをくり返していたようだ。A美術館の仕事が珍しく一年も続いたのは、かなり職場環境が良かったためだった。

美術館のオーナーであるカン・ファベクは、若くして近郊の土地を両親から相続した生粋の平倉洞民で、洞内にいくつもビルを所有していた。趣味で絵を描き、オークションの事務所に出入りし、夫人は美術館の最上階でレストランを経営していた。〈ART〉ではA美術館で展示中の作品や関連のアート商品、カン・ファベクが直々に選んだ工芸品、ジュエリー、雑貨を販売していた。豊かな鑑識眼によって選ばれた品物を一ヵ所に集めたセレクトショップは、特にブランチ目当てで訪れた気だるそうなご婦人方から人気を集めた。カン・ファベクは学ぶべき点の多い戦略家だった。トルコから直輸入した象牙《ぞうげ》の鏡の横に、南大門《ナンデムン》市場から運んできた木のフレームを陳列し、二つに似たような値段をつけた。ダイヤモンドの指輪の横に陳列した一万ウォンのガラスの指輪を、原価の十倍で売った。一日に訪れる客の数はそう多くもないのに店のマージンは悪くなかった。

カン・ファベクは〈ART〉の社長に娘のミリを据えた。カン・ミリは音大でピアノを専攻、その後は特に見通しもないままアメリカに留学、やはり特に見通しもないまま韓国に戻ってきた三十二歳の女性だった。なんの心配もない金持ちの娘は昼頃になるとベンツを運転して〈ART〉に出勤し、レストランでランチを食べ、三、四時間ほど店内のクラシックのCDが終わるたびに入れ替え、陽が沈む前に日本語学校へと移動した。特に花が好きで、毎日のように値段の張る輸入花の束を抱いて現れた。挿して店に飾り、客にも分けてあげるためだった。イ・ユミも何度かもらった。なかなか枯れないだけでなく、時期が来ると美しく乾燥していくその花のように、カン・ミリは年齢不詳に見えた。きちんと管理された肌と歯、母親譲りのほっそりしたスタイル、憂《うれ》いのない無邪気さが彼女を輝かせていた。イ・ユミは自分のほうが老《ふ》けて見えると思った。

当時は以前よりも十キロほど太っていたようだ。夜食のせいだ。一日中、今晩は何を食べようかと考えて過ごした。商品に忍耐に笑顔と、とにかく金になりそうなものを客に売りまくり、考試院に帰ってドアを閉め、ようやくひとりになると、ひとりでいることを満喫するために手のひらサイズのテレビをつけ、辛《から》くてしょっぱい料理を食べて汗を流した。すると頭がぼうっとしてきて、息が苦しくなるほど満腹だとしか考えられなくなる。そんな状態でどうにか呼吸を整えて眠りにつく日々だった。朝になると顔のむくみを解消するために氷水で洗顔した。鏡を見ると傷つくから視線を逸《そ》らした。もう綺麗な服や靴にも興味が持てない。黒いズボンに白いブラウス、毎日その恰好《かっこう》で平倉洞の上り坂を歩いて通った。

〈ART〉は一日も休みがなかった。それはカン・ファベクが最初に明示した勤務条件だった。カン・ミリの出勤が不規則だからだ。頻繁な海外旅行、ゴルフコンペ、シーズンごとに開かれるパーティーのたびに休む。イ・ユミひとりで店を守っているに等しい状態だった。

そのせいで一年にわたって母親と会えず、代わりと言うのもなんだが多めに支給されたボーナスを送金した。母親の誕生日の十二月三十日、一日だけ休みが欲しいと切り出したイ・ユミは赤恥をかいた。そういうつもりなら、いっそ辞めてくれとカン・ファベクに言われたのだ。いやいや、自分が悪かったですと慌てて手を振ったが、翌日から友人たちとフィンランドのスパツアーに旅立つカン・ミリを見ながら、心の中で何かが崩れ落ちていくのを感じた。

十二月三十一日の夜、イ・ユミは店内の有り金をかき集めてポケットに詰め込むと店を出た。外は雪が降っていた。レストランの仕事を終えたスタッフが挨拶してきた。一緒に飲みに行こうという最年少シェフの誘いを断り、足首の高さまで積もった雪を踏みしめながらソウル駅に向かった。駅前にあるパン屋で山積みになっているケーキを一つ買い、母親のいる老人ホームを目指した。母親は久しぶりに現れた娘を見ると、手を叩いて喜んだ。

そのまま一ヵ月ほど留《とど》まり、母親の薄くなった髪を結ってあげたり、一緒にケーキを食べたり、赤毛のアンのアニメ映画を観たりして過ごした。幼い頃はいちばん好きな作品だったのに、今はなんの感慨も湧いてこない。〈ART〉からの連絡はなかった。持ち逃げされたはした金なんて、退職金程度にしか思っていないのだろう。代わりになる若い女性はいくらでもいる、彼女もそれはわかっていた。

それからも何ヵ所かの職場を幽霊のように転々とした。〈ART〉を飛び出したのは大失敗かもしれなかった。売り場の管理業務を着実に学び、自分の店を持つことを目標にしなさいと、いつだったかカン・ファベクに言われたことがあった。もっとも適切なアドバイスだった。でも、そんな未来はちっとも好きになれなかったのだ。商品を売り、客が財布を開くように仕向け、札束を数えるのはあくまでも一時的な仕事で、永遠に続けるなんて想像もできなかった。

むくんだ脚をマッサージしながら求人広告だらけのフリーペーパーをのぞき込んでいた

ある朝、〈ピアノ専攻者募集〉という文句に視線が惹《ひ》きつけられた。小学生が放課後に通うピアノ教室だ。週五日勤務、報酬は今までのどこよりも高かった。広告に描かれた黒いグランドピアノをしばらく見つめていると、根拠のない希望が湧き上がってきた。自分はうまくやれる、誰よりもうまくやれるはずだと。

偽の履歴書を書き上げたイ・ユミは、それがカン・ミリの経歴であることに気づいた。たかがピアノ教室の講師にしては華麗すぎるはずだった。でも、そのまま持参した。院長院長は卒業証明書の提出も求めなかった。代わりにイ・ユミはショパンの小曲を弾いた。あれから長い時間が過ぎたが、フィリップス夫人の厳しい教えのおかげで、頭の中の楽譜は今も鮮明に生きていた。院長は非常に満足したが、仕事を始めるまでに減量してほしいと一つだけ注文をつけた。太ったピアノの先生を好む子どもはいないと。彼女は了承し、面接を始めて十分で採用が決まった。

数年にわたって澱《よど》んでいた人生は、この時から急流に乗り始める。翌年には結婚と離婚を経験するが、これは公式な記録としては残っていない。結婚生活は二ヵ月にも満たなかった。相手の名前はチョ・ミンホ、イ・ユミが働いていたピアノ教室と同じ階の銀行に勤める男だ。

●REC

何度申し上げたらわかるのですか？　何も話したくありません。今の妻は、私の離婚歴を知らないのです。本当に短期間だけ同居してすぐに別れた仲ですが、とにかく親戚一同の前であの女と式を挙げたわけですから。逆の立場で考えてみてくださいよ。妻がこの事実を知ったら騙《だま》されたと思うでしょう？　妻だけは傷つけたくないのです。匿名という条件は必ず守ってくださいね。

結婚して今年で八年です。六歳の息子がいます。ヤツは本当にどうしようもないやんちゃ坊主《ぼうず》で。汗まみれになって疲れも見せずに走り回っていますが、どこからあんなエネルギーが湧いてくるのか不思議でしょうがないですね。子どもの頃が人生の絶頂期で、それ以降は徐々に死にゆく過程でしかないと、どこかで読んだ記憶がありますが、まさにその通りだと思います。だって、私はやっと四十歳になりますが、いかにも歩き回るゾンビといった感じじゃないですか。

あの女と知り合ったのは三十歳の時でした。今は本社の企業金融チームにいますが、当時は支店のデスク勤務でした。新都市の新築ビルにある支店でしたが、同じ階にあの女が働いていたピアノ教室もあって。考えてみると俺も本当に若かったな……。

その支店への異動が決まる直前、私は八年近く付き合った女性と別れました。倦怠期《けんたいき》に勝てなかったわけです。同じ大学に通うカップルでしたが、当時のあだ名はインコでした。インコ夫婦って意味です。彼女は優しくておとなしい性格でした。私が軍隊に行っている間も待ってくれたし、就活がうまくいかない時も、黙ってポケットに小遣いを入れてくれるほど献身的でした。大学病院で看護師をしていたので収入は私より多かった。ところが銀行に就職が決まると、彼女の実家から結婚の圧力をかけられるようになりまして。それにうんざりしてしまったというわけです。別れる時は、これでもかと罵倒《ばとう》されましたよ。彼女の母親には〈この報《むく》いは、あの世に行っても消えない〉と、鳥肌ものの言葉まで吐かれました。でもね、どうしろって言うんですか。すでに〈インコ夫婦〉なのに、なんのために結婚するのかって話ですよ。今も若い女性には、男に尽くしすぎるなってアドバイスしています。人間はつねに新しいものを求めるわけです。昨日と何一つ変わらない今日を望む人はいません。日々の暮らしが退屈になりますからね。

　とにかくそういう事情で彼女と別れ、支店に配属されて新都市に引っ越してきたタイミングでした。どこを見ても新築マンションと真っすぐ整備された道、公園でも広場でもベビーカーを押す若い夫婦が目につきました。別れた彼女のせいで気が滅入っていました。結婚がそんなに重要なのかと思ったり寂しかったり。食欲もないし、何をしても面白くない、花壇の脇で毎日タバコを一箱吸ったりして。そんなある日、あの女がピアノ教室の前で待っていました。私がタバコを吸いすぎるせいで、花壇の周囲に臭いが染《し》みついたと。

「次またタバコ臭かったら、銀行のほうに伺いますから」

　警告するような口調でした。正直言うと、ものすごくムカつきました。脅迫するようなやり口で詰め寄る態度、けばけばしい服装、継ぎはぎだらけでぼろぼろのTシャツに短いデニムスカートも目障《めざわ》りでした。そうでなくても廊下ですれ違うたびに気分が悪くなるような。自分をモデルかなんかだと勘違いしているのか、最近はあんな格好でピアノを教えるのかと、同僚に何度か愚痴《ぐち》をこぼしたこともありました。

「チョ係長、ピアノの先生のことが好きでしょう?」

　ある日、同僚にそう訊かれました。

「今日、あのピアノ教室で演奏会があるそうですよ。行ってみたらどうですか」

何が面白いのかにやにや笑って言うから、私はびっくりして飛び上がりました。夕方に仕事を終えて銀行を出ると、本当に教室の前が騒がしくて。もっともらしい花輪もいくつか並んでいましたし、小さなイベントではなさそうでした。ちょうどその時、聞き慣れた曲調のピアノが流れてきたんです。ほら、デパートとかレストランでよく耳にする。モーツァルトなのかベートーヴェンなのか、そういうのはよくわかりません。クラシックの演奏会なんて行ったことありませんし。その日は純粋な好奇心から、その場所に吸い寄せられていきました。蝶々《ちょうちょう》の羽みたいなドレスを着た子どもたちと花束を手にした両親、写真を撮る人の間からグランドピアノが設置された中央が見えました。そこに、あの女がいました。

あの女は紫色のシフォンのワンピース姿でピアノを弾いていました。この間とは別人のような姿でした。長く美しい手が鍵盤の上を行き交い、溌溂《はつらつ》としたメロディーを奏《かな》でていたのです。あらわになった腕が照明の下でトパーズのように輝いています。演奏会場に仕立てた狭苦しいピアノ教室に集まった人たちは息をのんで見守っていました。演奏が終わって立ち上がったあの女と目が合い、びっくりした私はあたふたとその場を抜け出しました。まるで悪事がばれたみたいに。笑えるでしょう。

それからは、あの女のことが頭から離れなくて。銀行で仕事をしていても、心はいつもピアノ教室にありました。たまに子どもたちといる姿を盗み見たりもしました。子どもが大好きみたいでしたね。いつも一緒にいましたし、笑って騒いでいる姿からも、そう感じられました。そうやって十日ほど過ごしたでしょうか。このままでは駄目だと決心したのです。

教室を訪ねてピアノを習いたいと言うと、院長は黙って私を見つめました。そしてすぐに、どの先生にですかと尋ねました。勘の鋭い人でした。ピアノのあるレッスン室で待つ間は胸が躍りましたよ。手に汗をかくほど緊張したのは、大人になってからはじめてでした。ドアを開けて入ってきたあの女は思っていたより背が高く見えました。狭いレッスン室が、あの女の存在でいっぱいになった気がしました。

「最近はどこでタバコを吸っているのですか？」

「……やめました」

するとあの女がいきなり手を高く上げてきて、私たちは訳もわからないうちにハイタッチをしていました。一緒に笑っているうちに心も軽くなってきて。さばさばした性格で、よく笑う女でしたね。いくらもしないうちにデートに誘いましたが、その場であっさりとオッケーしてくれました。

質素なデートでした。仕事が終わると近所の居酒屋でフライドチキンとビールを頼んだり、深夜映画を観たり、河原までドライブしたり。音大出身の留学派とのことでしたが、そういう気位の高そうな感じがしないのが印象的でした。両親は海外で事業をしていると言っていました。ひとりで韓国に戻ったのは親元を離れて真の意味で自立するためだが、現実は甘くないと。そのせいか、時折ひどく寂しそうに見えましたね。

いつだったか大雨が降った日、あの女と酒を飲みながら真実ゲーム（空の焼酎の瓶をくるくる回し、止まった時に瓶の口が指した人が質問に答える。正直に答えられない場合は代わりに酒を飲んでパスする）をしたことがありました。ほとんどの質問にあの女は答えませんでしたね。おかげでまともに歩けないくらい酔っ払って、しょうがないので私の部屋に連れて帰りました。シルクのブラウスが雨に濡れて張りつき、ボディラインが丸見えでした。あの女をベッドに寝かせながら、耳鳴りがするほど自分が興奮しているのを感じました。

「ミンホさんは私のことをわかっていない。正体を知ったら驚いて逃げていくと思う」

枕の上に長い髪を乱れさせて横たわり、澄んだ瞳でこちらを見上げて言うんです。

「そんなの誰でも一緒だよ」

「重さが違うでしょ」

「えっ？」

「罪の重さが違うってこと」

どうやって服を脱がそうかで頭がいっぱいだったのですが、あの女ときたら、私のベッドで夜通し〈罪〉について討論でもしそうな調子でした。拍子抜《ひょうしぬ》けしましたよ。

「酔いが醒《さ》めたら顔を洗って出てきなよ。ラーメンでも食べよう」

あの女はじっと私を見つめると、抱き寄せて唇を重ねてきました。激しく深いキスでした。雨音の中で裸身を抱いていると最高の気分で、翌朝の空気はこれまでになく爽快《そうかい》でした。

いつ結婚を決めたのかって？　付き合って一ヵ月ちょっと過ぎた頃、一緒に散歩していた時にプロポーズしました。私は相手の腹の内まで見通すほど親密な恋愛を経験し、その関係をふざけた理由で壊しました。それからは男女交際って儚《はかな》いな、つまらないな、そんなことを思うようになっていたんです。だから、その次の段階に早く進もうという心境でした。狭いワンルームでの生活にも息苦しさを感じていました。もっと広くて快適な空間で新しいソファに寝そべり、新しいテレビを観たかった。もちろん一緒に暮らしたいと思うくらい、あの女が好きな気持ちもありました。

市内のウェディングホールで結婚しました。一日に十組以上が式を挙げるような場所です。あの女はひどく不安そうでした。汗びっしょりで、今までになく口ごもったりもして。新婦にありがちな反応だと思っていました。アメリカから来たお義父《とう》さん、お義母《かあ》さんは教養があって礼儀正しい方でしたよ。仕事の関係でその日のうちに発たれましたが、もうすぐ夏休みになるから、その時に会うことにしていたんです。その前に離婚するとは想像もしませんでしたけど。

タイへの新婚旅行から戻って一週間ほど過ぎた頃でしょうか。請求書が舞い込むようになりました。あの女が使ったクレジットカードの請求明細書でした。結婚が決まって買い入れた家具や家電、新婦側から新郎側への贈り物の一部までキャッシングで買っていたのです。本人に訊いてみると淡々とした口調で認めました。正直言うとかなり困惑しましたが、見過ごすことにしました。何をどう言ったらいいのかわからなかったし、これがアメリカ式なのかなとも思いました。最初から家計は任せていたのですが、その時はじめて後悔しましたね。経済観念のない女でした。家の中は衝動買いした品物であふれ、必要なものがあるべき場所にないことも多くて。買い物に行ってお菓子やジュースばかり山ほど買い込むのを見た時は、呆れてものも言えませんでした。

別に素晴らしい妻を期待していたわけではないので、一食くらいは温かい飯が食えて、整理整頓《せいとん》された部屋で寝られたら、それで十分でした。でも、あの女は家事なんて何一つできなかった。洗濯も掃除もまともにやったためしがありませんでした。シンク台に積まれた食器は臭うし、床に埃の塊が転がっているなんて日常茶飯事、タンスには整理されていない服が抜け殻みたいに重ねられていました。しかも家にいるのを嫌がり、平日だろうが週末だろうが見境なく外出したがるのです。ショッピングモールやデパートが多かったですね。ブランド品の売り場にいると、あの女の目がどんなに輝くか、一度お見せしたかったですよ。最後のほうは本当にうんざりでした。

大ゲンカはしょっちゅうでしたよ。言い争いの最中に思わず胸ぐらをつかんだことがあったのですが、それにショックを受けたようでした。別れたいと言い出しましてね。いくらアメリカ式とは言っても、それはないだろうと思いました。

「努力もしないで、そんな簡単にあり得ないだろ？」

私は喘ぎながら怒鳴りました。

「あなたの言う努力って、どれも私がやらなきゃいけない努力じゃない。私は、もう努力するつもりはないの」

あの女の冷静な答えを聞いていたら、報いがどうとか言っていた元カノの母親の声を思い出しました。ようやく自分の犯した過ちを理解しましたよ。仕事から帰り、自分の家で囲む素朴な温かい食事。その大切さに気づけなくて飛び出したものの、結局はエサを求めてさまよう犬に成り下がったわけです。

まだ婚姻届も出していないうちに大騒動になりましたから、諸々《もろもろ》の手続きを踏む必要はありませんでした。それだけが良かった点ですかね。嫁入り道具が運び出されてがらんとした家で数ヵ月を過ごしました。路上生活者みたいに布団も敷かずに床で寝たり、食事をしたりしていました。一種の自虐だったのか、あるいはあの女が戻ってくるのを待っていたのかは自分でもわかりません。翌年に現在の妻と見合いで知り合いました。両親を早くに亡くし、ひとりで弟妹を育て上げた生活力のある女でした。家族だけを招待して、こぢんまりとした式を挙げました。

新婦入場になると聞き覚えのある曲が流れてきました。あの女がピアノ教室の演奏会で弾いた曲でした。悲劇的な結末を迎えたというのに、当時の記憶だけは鮮明に残っていました。光が舞い降りたようなドレス、艶《つや》めく黒髪、しなやかな腕、そして宙を飛び回る長く美しい手。乾き切っていた私を満たし、あふれんばかりだった存在の揺らめき。こちらに歩いてきた妻を、両腕を広げて抱きしめました。少し震えているのが伝わってきました。もしかすると私も震えていたかもしれません。この次に何が起こるのか、さっぱり予想がつかなかったですから。

＊

A美術館は大きくないが、有望株の若手作家の展示で有名な場所だ。週末に娘を連れて訪れると、抽象画とドライポイントの展示を鑑賞した。建物の最上階にあるレストランで一緒にいちごパフェも食べた。カン・ファベク夫妻はもうオーナーではなかった。もう少し大きなビルに興味を持ち、この建物を売却して数年になるそうだ。

ここで働いて十五年以上になる警備員はイ・ユミを覚えていなかった。カン・ミリの結婚で〈ART〉は閉店したそうだ。〈ART〉があった場所にはポスター売り場が入っていた。好きな絵を選んでごらんと娘に声をかけると、真っ白なキリンが描かれたポップアートのポスターにすると答えた。イギリスにいるパパに送ってあげるそうだ。包装してもらって美術館を後にした。

「パパはいつ帰ってくるの？」

「そうね……」

娘の問いに、私は語尾を濁《にご》した。

「この前は、絶対に春学期までって言ってたじゃない」

「とりあえずは春学期までだけど、契約期間が延びるかも」

「パパと別れるつもりでしょ？」

私は立ち止まって見下ろした。娘の黒い瞳がきらきらと光っていた。

「どうしてそう思うの？」

「ケンカして、離れて暮らして、最後には別れることになるって、お友だちが言ってたもん」

「違うって。それは……まだわからない」

「いつ、わかるの？」

「パパが帰ってきてから」

娘は黙り、それ以上何も言わなかった。

週末のソウル市内の道路は駐車場かと見間違うほどの渋滞だった。ラジオをつけるとサティのピアノ曲が流れてきた。夫の好きな曲だ。昔むかし、朝になると彼のためにこの曲をかけ、パンを焼いていた。ゆったりとしたピアノの旋律とパンの焼ける匂い、それが新婚時代の朝の風景だった。向かい合って座り、読書や執筆をしたリビングの小さなテーブル、夜通し笑い合った友人たち、行き当たりばったりの鉄道の旅。

イギリスで過ごした結婚一年目は生涯でもっとも満たされた時間だった。ひとりの男性と出会ったことで完成されたと信じていたし、一人ぼっちでさまよう女性を心から憐《あわ》れだと思っていた。もちろん私たちだってケンカはした。でも激しい憎悪をぶちまけている最中でも、相手のちょっとしたユーモアに爆笑できる仲だった。暮らしはシンプルで、この世にはお互いしかいなかった。それなのに、あっという間に時間が私たちを追い越していってしまった。

「心臓の音が二つですね。どういう意味かわかります？」

結婚五年目に胃がむかむかするので病院を訪れると、赤毛のアイルランド系の女医はクイズを出すような楽しげな顔で尋ねてきた。椅子に座る私と、その隣に立つ夫は同時に凍《こお》りついた。超音波検査の画面はじりじりする闇ばかりで何も見えなかった。海底を撮影した写真みたいだった。女医は、その中にある小さな二つの点を指差すと双子ですねと告げた。夫と私は目を細め、もう一度のぞき込んでみた。二人とも笑うことも泣くこともできないという心境だった。夫は論文執筆の学期が控えていたし、私は新作の長編小説を計画していた。つまり、それは一種のアクシデントだったわけだ。

病院を出ると夫は大学に向かい、私は家に戻った。それぞれ考えを整理してから、夕方にスペイン料理の店で待ち合わせることにした。まだ陽が沈んでもいないのに夫が電話をしてきた。

「考えてみたら、さっきありがとうって伝えていなかった気がして」

すでに夫は喜んで迎えようと決めていたし、結論も明らかにそう出ていた。子どもだなんて、それもひとりでなく双子。正直に言うと面食らっていた。まだ母親になる心の準備ができていなかった。新作の長編、ここ数ヵ月はそのために資料を調べ、人に会ってきた。あとは原稿を書き始めるだけだった。この小説が自分の人生を変えると信じて疑わなかったし、しくじらないように呼吸を整えているところだった。それなのに、ある日いきなり二つの受精卵が体内で育ち始めたのだ。

その日の夕方は韓国に一時帰国して出産するかどうかを相談し、本来の計画どおり、夫が博士論文を終えるまでは二人でイギリスに留まろうと合意した。どんな状況になっても離ればなれは駄目だというのが共通の見解だった。食事を終えて店を出ると小さな水たまりがあり、彼が大げさな身振りで手を差し出してきた。私は笑いながらその手を握って水たまりを飛び越えた。二つの生命、二倍の喜び、私たちはお腹の子を〈バニー〉〈ヨニー〉と呼ぶことにした。夫と私のイニシャルから取った名前だった。

妊娠初期はどこにいても眠気に襲われた。薬に酔ったような感覚だった。図書館で、バスで、浴槽で、映画館で、野球場で、どこにいても睡魔に勝てずに眠った。夢は現実よりも生々しく、残像がリアルすぎて、目覚めてからもなかなか平静を取り戻せなかった。そして悪阻《つわり》が始まった。何を食べても腐臭がした。母の作ったご飯と汁物を欲していたが、ねだったところで叶わない望みだった。ヨーグルトとブルーベリーだけで持ちこたえ、毎日歯ブラシの毛先が広がるほど歯を磨いた。

赤毛の女医を再訪すると、前回の笑みが完全に消えた顔で双子の片方が少し弱いようだと告げた。心臓の音が小さく、成長にもかなりの差が見られる。自然淘汰《とうた》されない場合、もうひとりに危険が及ぶ可能性もある、人工流産を勧めると、女医は淡々とした表情で言った。

妊娠十週目に手術台に上がり、超音波画面を最後に確認してから、まだ心臓が動いている〈ヨニー〉の胎嚢《たいのう》を破壊した。帰りの車中で大出血した。小さなヒョンデ車の後部座席が真っ赤に染まった。慌てた夫はルームミラー越しに私を見ながら、大丈夫、大丈夫と言い続けた。一体、何が大丈夫なのだろう。彼の車を汚したこと？　それとも相対的に弱いという理由で――より強い子の命を脅かすかもしれないと――まだかすかに息のある子を殺したこと？　何がなんでも夫に訊きたかった。でも口にはしなかった。なぜって？　私たちは話し合えばお互いの心情を理解するだろうが、それはヨニーにとってあまりに腹立たしい内容になるはずだから。

ひとりを送り、残ったひとりは以前より広くなった母胎ですくすく成長した。私は全身がむくんで指も曲げられないほどだった。乳腺《にゅうせん》が発達して乳房周りの静脈が盛り上がり、トイレに行くたびに飛び出す痔《じ》を指で押し込まなくてはならなかった。全身に疥癬《かいせん》のような肌トラブルが生じ、血が滲《にじ》むまで掻きむしる日々だった。息切れのせいで歩き回ることもできないのに、手当たり次第に食べ物を口に放り込んだ。羊水をきれいにするハーブティーを一日に二リットル以上飲み、よたよたと用を足しに行った。勝手に作り上げていた妊婦のイメージは跡形もなく消え去った。臨月が近づくとソファでひとり斜めになって寝るようになった。夜になると書いてみようと机に向かうのだが、なんのアイディアも浮かんでこない。足がつるから長時間座っていることもできなかった。

妊娠中は子どもに一度も話しかけなかった。お腹に手を載せると胎動は感じられたが、どんな言葉をかけたらいいかさっぱりわからなかった。帝王切開で出産すると告げると、夫は理解できないという顔で見つめた。とにかく手術で産んだ。麻酔から覚めると真っ赤に腫れた子どもが懐に抱かれていた。子どもはお乳をうまく吸えず、私の母乳はそのまま干上がった。恥骨の真ん中に十五センチほどの手術痕《あと》が残り、すぐにミミズ腫れのように盛り上がった。

ベビーバスケットに子どもを寝かせて帰宅した日、夫から花とケーキを贈られた。私たちには何かしらの希望的なシンボルが必要だった。でも子どもは朝までに五回ほど目を覚まし、その都度ごく少量のミルクを飲んでぱたっと寝るのだが、またすぐ空腹に耐えかねて火がついたように泣いた。そして私を発狂寸前まで追いつめていった。夫は無能な助手さながらに何度ものぞき込んでは、力なく引き下がるばかりだった。いずれにしても数切れのパンとスープを妻と子に食べさせるために睡眠をとり、目覚めたら講義の準備をする必要があった。私はすでに経済面で役に立たなくなっていたし、外で稼いでくる夫が少なくとも家にいる間は休めるよう、子どもを彼から遠ざけなくてはと思った。明け方にリビングで授乳していると、寝室で夫がいびきをかく音と、子どもがちゅっちゅっと哺乳瓶を吸う音が交互に聞こえた。子どもは愛を渇望するかのように私の服を握りしめた。はがしたその手が宙をばたつくのを空虚な眼差しで見下ろした。頭の中はぐちゃぐちゃに踏みつぶされた泥のようで頭痛も治まらない。机には書き始めることすらできなかった小説が、白紙の束のまま積まれていた。

頼んだ時、懇願《こんがん》した時、正確な指示を出した時だけ、夫は子どもの面倒をみてくれた。そんな関《かか》わり方では、いかなるパートナーシップも生まれようがなかった。結局はワンオペになった。昼も夜も小さなアパートに閉じ込められて育児をする中で、どうにも耐えがたかったのは自分の存在が浪費されているという現実だった。私の若さ、私の資質、私の魂、偉大な業績を成し遂げられるはずの時間が、子どもという穴に流れ込んでいた。あまりに憎たらしくて、子どもが自分の欲求を満たすために怒りを発しながら泣いていても、憐れみすら感じることができなかった。暴力で屈服させる、これ以上なんの声も発さないように踏みつぶす幻想を抱きもした。私は母親になる素質のない人間だったというわけだ。

当時は定期的に病院で睡眠薬を処方してもらっていた。薬を飲まないと眠れず、薬を飲むとなかなか目を覚ませなかった。誰もその事実を知らなかった。朝寝坊して起きると、夫はすでに学校に出勤していなかった。日差しの中でひとり遊んでいた子どもは、私を見るとよだれを垂らして笑った。知らない人を目にするように我が子を眺めた。

この子が大きくなるまで待とうと思った。そうじゃないと耐えられなかった。ずっと家にいる代わりに子どもを連れてスーパーに出かけ、長いこと買い物をして過ごした。色鮮やかなパプリカやステーキ用の肉を選び、子どもに着せるTシャツやワンピースを買い、雑誌やインテリアの本をめくった。陳列台に置かれた品物を一つずつじっくり眺め、見た目や用途を考えながら時間をつぶした。

私が待機モードで人生を無為に過ごしている間、夫はきちんきちんと論文を書き、博士課程を修了した。一日を終えた夕方に向かい合って座っても、話すことのない日が多かった。彼のご機嫌を取るのも嫌だったし、自分を納得させたくもなかった。娘を真ん中に、天真らんまんな姿に笑ったり感嘆したりした。それ以外に共通の話題がなかった。以前なら夜通しおしゃべりして、会話に夢中で食事も忘れるほどだったのに、今となっては何をそんなに話していたのかも思い出せなかった。

私たちは仲良しだったが、セックスは徐々に義務化されていった。週に一度、時には二週に一度、寝ている子どもを起こさないように声を殺して関係を持った。私は娘を脇に抱いてベッドで眠り、夫はリビングのソファで生活していた。事が終わるとそれぞれの場所へと静かに戻り、私はこっそりマスターベーションで締めくくっていた。出産してから体の何かが変化していた。太って緩慢になっただけでなく、感度が鈍《にぶ》くなった。鋭く強烈だった快感は、柔らかくかすかな感覚に変わってしまった。子どものために体の余分な気力を蓄《たくわ》えているようだった。控えめに食べた時みたいに、いつも飢えていて物足りなかった。

子どもが二歳になると、私たちは別々に帰国した。心置きなくベビーシッターを雇える立場になると、夫が作業室をプレゼントしてくれた。これからは本格的に仕事を再開しなさいという意味だった。韓国に戻ってからは数社の出版社から原稿の依頼もあった。以前に小説を書くために記録しておいたノートを引っ張り出し、最初からじっくり読んでみた。どうして自分はこんな小説を書こうと思ったのだろう、読み終わって疑問に思った。誰がこんな小説を読むだろう。いや、そもそも小説が人生の何に役立つというのだろう。

それは自分自身を根底から揺るがす疑問だった。長いこと振り回されてきたこの仕事にもう興味が持てないとなると、私は何に対しても無気力でだらりと伸び切った三十代の女でしかなかった。その女はかつて自分にあった生気や美しさを夫と子どもに奪われたと信じ込み、心の中で憎悪していた。そのくせ捨てられることを恐れてもいた。今は夫と子どもがその女の名前であり、家であり、現実だったからだ。彼らを殺す夢を見て夜更けに目覚め、彼らの寝顔を撫でながら安堵《あんど》する日々だった。人生はもう自分の脇を通り過ぎてしまったのだと気づいていた。その場所は、今もまだ火傷《やけど》したみたいに熱いというのに。

五．偽造証明書

ピアノ教室でのイ・ユミは実力を認められた講師だった。気性が荒い保護者の機嫌を取り、彼らと親しくしながら偽装がバレないようにするのは至難の業だった。平均レベルを超える偽りの経歴を立証するため、用心深く自身のイメージを作っていった。高級な服、華やかなアクセサリー、そして留学時代の面白いエピソードで人々の心を奪っていったのだ。でも危機はいつも間近にあった。職場を移るしかなくなった最大の理由も、やたらと距離を縮めてくる同僚のせいだった。一年遅く入ってきたその同僚は、イ・ユミの出身大学に多大なる関心を寄せた。そして自分の知り合いも同じ大学の卒業生だから、ここに連れてくると言い出したのだ。嘘を見抜き、からかっているのかと思った。出勤するのが苦痛になっていった。逆流性食道炎になり、食事がほとんどできなくなった。

チョ・ミンホとの関係も悪化の一途をたどっていた。結婚後の彼は失望を隠そうともしなくなった。イ・ユミは一文無しで主婦としての力量も不足していたし、従順なタイプでもなかった。小言が増えるにつれて意気消沈し、夫が近くに来るだけでも身をすくめるようになった。ケンカが増え、乱暴な言葉が行き交った。一度だけ胸ぐらをつかんだというチョ・ミンホの言葉とは裏腹に、暴力の度合いは激しくなっていった。この件は日記に詳しく書き記されている。彼がどうやって彼女を制圧したか、どうやってつかみ、押しやり、押しつけたか――拳と手のひらでは殴られた時の痛みがどう違うか、どれだけ血が出たか、どんな色の痣ができたか。本当に恐ろしいのは暴力が日増しにひどくなる点だった。もし彼女の嘘がバレていたら、どんな事態になっていただろうと考えると怖くなる。

全ての関節がばらばらの方向にねじれて倒れていたローラ。その情景は死ぬまでイ・ユミにつきまとった。

チョ・ミンホとは暴力について一切責任を問わないという条件で別れた。ピアノ教室もすぐに辞めた。次の職場に選んだのは教室ではなく、大学の生涯教育院だった。教室で教えていた子どもの母親が教育行政職員をしていて、院長に彼女を強く推薦したのだ。待遇や福利厚生もかなり良かった。その分、きちんとした証明書が求められた。イ・ユミは生まれてはじめて偽造業者を訪れると、数通の証明書を作成した。鍾路《チョンノ》の裏路地の片隅に潜む事務所は、金で買える卒業証書、証明書、委任状、資格証などが壁にぎっしり貼《は》られていた。十五分で二通の学位証明書を手に入れると、書類封筒を注意深く脇に抱えて事務所を後にした。少し歩いただけで汗が噴《ふ》き出《だ》す真夏だった。

イ・ユミは老人ホームに向かった。母親は娘が結婚したことも、破局したことも知らないし、自分の娘だと見分けることもできない。母親が慕《した》うのは老人ホームを営む女主人だけだった。雛《ひな》が親鴨《おやがも》の後を追うように、ちょこちょことついて回った。イ・ユミは一週間そこに滞在すると、面接試験を受けるためにソウルへ戻った。金で買った学位証明書で書類選考に合格したのだ。

院長は同じ財団が運営する大学の仏文《ふつぶん》科で主任教授をしている人だったが、彼女の控えめな態度や愛想の良い話し方、何よりもシャネルのツーピースという服装を気に入った。最近は才色兼備を見つけるのが難しい、自分の時代にはツーピース以外は正装とみなさなかったと言った。イ・ユミは小学生が放課後に受ける音楽の授業と、一般向けの教養音楽の授業を全て担当することになった。週四日勤務で報酬もピアノ教室より良い。すぐに新しい部屋を借り、母親の毎月の生活費を払い、キャッシングで購入した嫁入り道具代金の返済もしなくてはならなかったから、本当にラッキーだった。

授業は評判が良かった。空席だらけだった芸術の講座は前例のない人気ぶりだった。特に〈伝説のピアニスト〉という一般向けの教養音楽の講座は噂になり、他所《よそ》でも開講するほど受講生が殺到した。生と芸術の狭間《はざま》でバランスを崩して不幸な人生を終えた芸術家の生涯、そして輝くような名演奏の両方が聴ける内容だ。飽きられていた授業が人気を博した秘訣《ひけつ》は、聴く人を感情移入させるイ・ユミの話術にあった。ピアニストの一生でもっともドラマチックなシーンを取り上げ、飛んで火に入る夏の虫のような芸術家の内面を解明していった。たまに聴きながら涙する受講生も見受けられた。

生涯教育院で働いた二年間、時折デートはしていたが、真剣な交際にならないよう用心していた。男にとってはちょろい女だったはずだ。親切を尽くして男が付け入る隙《すき》を与え、関係が深まっても何も要求しない。いや、逆に何か要求されるのではないかと彼女のほうから逃げ出すのだから。つねに素性が明らかになるかもしれないという恐怖が付きまとっていたのだろう。そんな内心に気づく者は誰もいなかった。

だから二度と結婚はしないと決心し、そういう可能性のなさそうな男としか会わなかった。働き盛りのヤッピー――甘い恋愛を楽しむが、女が少しでも結婚をほのめかすと一目散に逃げていく――の中で、整形外科医のイム・ジェピルとはいちばん馬が合った。肥満体形で髪も薄かったが、江南界隈《かいわい》では顎《あご》の整形手術で広く名を知られており、生涯教育院で週末に芸術講座を受講することで人生のバランスを保っていた。イ・ユミは昔から太った男が好きではなかったが、会うたびにその丸い顔に親近感を覚えるようになっていった。見た目と違ってかなり気難しい美食家のイム・ジェピルは、仁川《インチョン》にある有名な鰻屋《うなぎや》で単刀直入に尋ねた。

「ところで、それだけのスペックを持っているのに、どうして地下で腐っているんだ？演奏家になるとか、後進の育成をするべきじゃないのか？」

多少シニカルな語調だった。

「地上の世界に上れない理由でもあるのか？」

「家が没落したせいよ。これ以上の質問はお断り」

イ・ユミは痛いところを突かれた人のように話題を変えた。

「こんなにおいしいんだから値段も高いよね？」

口が裂けそうな量の野菜で鰻を包んで食べる彼女の姿に、イム・ジェピルは声をあげて笑った。

「この程度ならいくらでもおごれるから、友よ、好きなだけ食べてくれ」

イム・ジェピルの友人とも親しくなった。ほとんどが文化関連の仕事をしていて、作家、画家、映画監督、プロのクラシック音楽家などだった。同じ時期にアメリカに留学していたと歓迎する人もいた。イ・ユミはできるだけ口数を減らし、相手に会話の主導権を握らせて傾聴するやり方で質問を避けた。誰もがそれを女性らしい態度、穏やかな性格だと受け止めていた。

そのグループでは一度も偽の身分を怪しまれなかった。イム・ジェピルが証人だから疑う理由がなかったのだ。美食にワイン、魅力的な若者たち。その中でもっとも輝きを放つ存在ではなかったけれど、静かに溶け込む役割を果たしていた。どのグループにもそういう人間は必要だった。イム・ジェピルは友人から数えきれないほどの褒め言葉を頂戴《ちょうだい》し、それこそ身を固める時期が来たんじゃないかとアドバイスされたりもしていた。

　ハプニングで終わりを迎えた前夫との結婚生活も洗いざらい話した。イム・ジェピルは率直に過去を打ち明けた彼女に新鮮な感動を覚えた。書類上は未婚だから嘘ならいくらでもつけたはずなのに、泥沼で遊んでいながら清潔なふりをする女たちとは大違いだった。何よりも彼女を輝かせていたのは、些細な物事にも情熱を傾ける態度だった。留学までしたプロが一般人に目線を合わせて講義するのは簡単ではないはずだ。直接聴いたことのある受講生として、イム・ジェピルは彼女のスピーチ能力を高く買っていた。熱心にグループの友人に語ったこともあった。その中のひとりが芸術系の短大の関係者で、ついには学科の講義を受け持ってみないかと提案してきた。

　イ・ユミはあらゆる弁明をすることで、その件をなかったことにしようと試みた。もう手が動かない、自信もない、何よりも今の生活に満足していると。イム・ジェピルはそんな彼女が理解できなかった。彼は理解できない物事は受け入れられない性質だ。だから勝手に短大に連絡して面接の約束を取り付け、彼女をよろしくと頼んだ。引くに引けない状況なのだとイ・ユミが気づいた時には手遅れだった。だが恐怖と同時に興奮も感じた。自分さえ上手《うま》くやり遂げれば、またとないチャンスなのだと。上昇は良いことだ。今の位置からは想像もつかない高みに上れるなら言うことはない。再び鍾路の偽造業者を訪ねると、いくつかのコンクールで入賞したという記録をでっち上げた。

　その年の夏、イ・ユミは音楽学部の専任講師の面接を受けた。三人の面接官のひとりは、嘘の履歴書に出身校だと書いたH音楽大学の同門会長だった。コネ採用にお決まりの形式的な面接を終えると、一緒に同門会の活動をしないかと誘われた。彼女は大胆にも承諾した。同門会長は彼女をとても可愛がり、週末のゴルフコンペやティータイムに招待するなど、誠意をもって後輩の面倒をみた。のちに彼女が結婚することになると、母校の名前を書いた花輪を式場に七つも贈る気前の良さも見せた。

イム・ジェピルにプロポーズされた時は仰天した。恋人同士ではなかったし、そんな暗示もなかったからだ。二年の付き合いで一線を越えたことは一度もなかった。しかも乱れたプライベートまで知り尽くしていた。彼は定期的に、それもかなり頻繁に風俗に出入りしていた。彼をネタにしたちょっと意地悪なギャグなんかも気兼ねなく言い合う仲だった。だから親しい友人以上に思ったことがなかったのだ。

「俺たち、本当に仲が良いじゃないか。支え合って、思いやって、そうやって毎日一緒に過ごせたら楽しいと思う」

イム・ジェピルは落ち着いた表情でイ・ユミを見つめた。確かにここまで居心地のいい異性の友人はいなかった。夜中にどちらかの家でビールを飲みながら映画を観たり、全国のおいしい店を回ったりしていた。イム・ジェピルはモデルやタレント志望の子たちとデートしていたが、最後は決まって彼女の家に戻ってくるとコーヒーを飲んだ。彼の好きな適度に冷めたラテを作ってやり、彼がひとり沈黙に浸っても、特に気にならなかった。二人は情熱の代わりに親密感を共有した。最終的にうまくいく結婚とはそういうものだと、イム・ジェピルは説得を続けた。彼女は何度も断ったが、最終的にはプロポーズを受け入れた。専任講師に採用された直後だった。

イム・ジェピルの両親は恋愛経験のない息子の結婚宣言に感激し、条件面では少し見劣《みおと》りのする嫁を喜んで迎え入れた。二人はソウル市内の超高級ホテルで豪華な式を挙げた。イ・ユミはヴェラ・ウォンのミカドシルクのドレスを着た。装飾が一切なく、首筋だけを露出したクリーム色のドレスは、高級な式場の雰囲気にぴったりだった。背の低いイム・ジェピルに合わせてローヒールのウェディングシューズを履き、ティアラの代わりにダイヤモンドのヘアバンドを髪に飾った。バージンロードを歩く姿は毅然《きぜん》として落ち着いていた。はじめての経験ではなかったからだ。

以前と同様に代理出席の会社から両親、招待客の一部をサクラとして雇った。イム・ジェピルの両親は、新婦の両親の控えめで物静かな態度が気に入った。招待客も小綺麗で豪華な格好をしていた。総勢百人を超えるサクラは晴れやかな表情で写真撮影を終え、仔牛の肉にチーズスフレ、デザートのアイスクリームまで平らげると式場を後にした。前回よりも全体的にかなり穏やかな進行だった。

モルディブへの新婚旅行から帰ると、二人は江南の住商複合型マンションで新婚生活をスタートさせた。結婚前からイム・ジェピルが頼んでいるハウスキーパーがいたから、家事の負担はなかった。出勤する夫を見送り、フィットネスセンターに寄ってから大学へ行った。初回の講義では〈自分も学んでいる段階〉だと学生に打ち明けた。曲の全体的な流れを指摘するのが中心で、模範演奏は極力避けた。フィリップス夫人と完成させたベートーヴェンのソナタ二十四番、二十六番を実技の指定曲として早々に発表し、家ではプロのピアニストの生演奏を収録したレコードを何十回もくり返し聴いた。

実際にやってみるとしんどかったのは実技よりも理論の講義だった。和声法や対位法などは接近すらできなかった。こっそり音大入試専門の予備校で理論の個別指導を受けた。

そこで学んだ内容をそっくりそのまま学生に伝えるやり方だった。そうやってくり返しているうちに、学期が終わる頃にはおぼろげながら概念を理解できるようになった。バッハのトッカータを聴くと、頭の中にコードと音階が広がるようになった。この時期のイ・ユミはもっとも熱心に勉強していた。授業の内容も徐々に真剣になっていくと同時に幅が広がり、毎学期の講義評価はつねに最高得点を獲得していた。

短大の芸大生はアーティストを夢見るというより、音楽業界の片隅で生き残って稼げれば満足という子がほとんどだった。そうした雰囲気の中でイ・ユミは積極的にチャレンジさせる指導者だった。コンクールのスケジュール表を毎月プリントアウトして配り、演奏家になれるよう見守りながら励《はげ》ました。部屋を訪れる学生の悩みや進路相談にも真摯《しんし》に対応し、使命感に燃える先生さながらに食事をおごった。

最初から大して期待していなかった分、イム・ジェピルとの結婚生活は気楽だった。きちんと整頓された家の清潔な寝具の中で朝を迎え、栄養価が高く温かい食事をとり、安定した職場で一日を過ごした。週末になると郊外の別荘で二人だけの時間を持った。沈黙の中で手をつなぎ、それぞれの思索にふけった。誰もが羨《うらや》む夫婦仲だったが、性生活のほうはさっぱりだった。

新婚旅行の三日間、イム・ジェピルは何かを避けるように不自然に振る舞い、最終日は腹を決めたのかワインをがぶ飲みした。そしてイ・ユミをわざと荒々しくベッドに押し倒した。彼女は愛情深く抱きしめた。だが勃起《ぼっき》も、挿入も、うまくいかなかった。帰国後は薬の力を借りて短くせわしない関係を何度か持ったが、なんの感覚ももたらしてくれなかった。でもそんなことはおくびにも出さなかった。事の最中は必死に励ましながら、頭の中では別のことを考えた。昨日食べたおいしいステーキや有名オーケストラの来韓《らいかん》コンサート、リビングのみっともない観葉植物の処理法。自分がこの結婚によって手に入れられるものと、そうでないものを確実に区別し、欲をかきすぎないようにしていた。イム・ジェピルが年若い売春婦を再び訪ねるようになったことも黙認していた。小さなケンカ一つなかった。イム・ジェピルが予測したように、情熱よりも暮らしの中で共有するさまざまな趣向のほうが、結婚生活を維持する大きな原動力になった。過去の亡霊が隣人となって突如現れたりしなければ、二人は今も夫婦として暮らしていたかもしれない。

●REC

イ・ユミ先生と知り合ったのは二十三歳の時です。はい、ピアノ科で。ピアノ弾けます？　私が子どもの頃は、ほとんどの女の子がピアノを習っていました。お決まりのコースみたいなもので、男の子がテコンドーをやるのと同じですね。母親って、娘が一つくらいは楽器を弾けるようになって〈音楽的な人生〉を送ってくれたらと願うものでしょう。生活に追われてせわしない自分たちとは違う生き方。頼もしい夫の庇護のもと、悠々自適にピアノなんかをポロンポロンさせる余裕、まあ、そんな感じです。

私には母がいません。父と離婚してから一度も会いにこなかったので。まあ、よくある話です。両親が離婚してからは祖母に育てられました。トイレットペーパー一カットで五ウォン、蛍光灯一分で十ウォン、水道水コップ一杯で二十ウォン、一日中そうやってぶつぶつ言っている人でした。この世の全てに値段をつけ、お金を憎みながら生きていましたね。いや、お金を愛《あい》しすぎていたと言うべきでしょうか。訳《わけ》ありの代わりに格安なものを食べて、身につけて育ちました。そんな環境じゃつらかっただろうと思うでしょうが、実際はそうでもなかったです。人は誰でも自分を守るようにできています。その中で生きるしかないなら、傷つかないように鍛錬するようになるって意味です。火の気のない真っ暗な洞窟《どうくつ》みたいな部屋で、テレビを観ながらくすくす笑って一日を過ごしていました。あの頃は寂しさなんて知りませんでしたから。祖母の隣で冷やご飯と酸っぱくなったキムチしか食べるものがなくても、何一つ心配事なんてありませんでした。

でもある日、家に戻った父が私のありさまを見て、祖母に小言を浴びせたんです。父は私の手をつかんで外に出ると、市場で売っているハンバーガーを買ってくれました。そしてお向かいにあるピアノ教室に連れていきました。そこで生まれてはじめてピアノを目にしたというわけです。どのピアノにもワンピース姿の小娘がへばりついていました。父は一年分の月謝を一括払いしました。ぺちゃんこのカバンとバイエルの教則本が二冊、それと鉛筆ももらいました。その合成皮革の黄色いカバンが可愛くて、学校にも持っていったのを覚えています。

ピアノ教室は一年で辞めました。父は翌年に再婚して私への興味を失いましたし、私も友達と遊ぶほうが断然楽しかった。早い時期から勉強とは縁を切っていましたしね。中学生になったら、今までどうってことなかった物事が癇《かん》に障るようになって、祖母には腹が立つし、父にはムカつくし、皆を殺してしまいたかった。正直に言うと、悪いこともたくさんしました。万引きが見つかって捕まったこともあります。留置場から少年院に送られ、少年院を出るとまた盗みを働いて捕まって、まあ終わりのない輪唱みたいなものでした。そのうちに祖母が亡くなりました。あんなケチくさいババア、さっさと死んでくれと思っていたのに、本音はそうじゃなかったんだなって。食べさせて、面倒をみてくれた愛情を失い、なかなか乗り越えることができませんでしたね。三日三晩バルブが壊れたホースみたいに泣き続け、そんな自分にちょっと失望したりもしました。

祖母が遺したものは根こそぎ父が持っていきました。でも、私名義の保険があったのです。それだけは父も手をつけられないようでした。大学進学用に加入した教育保険だったのです。祖母も本当に変わっていますよね。古いご飯を食べさせて育てたくせに、大学には行かせるつもりだったのですから。お前がそうしたいなら現金化してもいいぞ、父はそう言いました。父の再婚相手、それからその人の娘が隣に並んで座っていました。これで本物の孤児になったのだと、ふと気がついた瞬間でした。しっかりしなくては、そんな気分でしたね。

大学に行くと告げると、全員が不思議そうな目で見ていました。音大に進むつもりだと付け加えると、笑いをこらえるように空咳《からせき》までしていましたね。まあ、気持ちはわかります。高校中退の一文無しの身分で、どの口が音大なんて言っているのだと自分でも思いましたから。それでも私のお金、私の選択ですから、誰も邪魔できませんでしたけど。

高卒認定を受け、アルバイトをしながら、暇を見てはピアノ教室に通う生活が始まりましたが、お先真っ暗でした。一、二年準備したからって叶うような夢ではありません。ピアノ科はとりわけ実力者が多いと聞いていました。実技試験のない大学を探したら一ヵ所しかなくて。できて一年にしかならない地方に新設されたキャンパスでした。行ってみると新入生は定員割れ、先輩も数人しかいなくて講義室は寒々としていました。集まった人は本当に多種多様でした。音楽は好きだけど素質がない、でも諦めきれない現実感覚ゼロの人間たちというわけです。

最初の授業でイ・ユミ先生は、自分を〈教授〉とは呼ばないでほしいと言いました。全ての面で未熟だし、そんなふうに呼ばれるのにも慣れていないからと。謙遜《けんそん》は最高の美徳ですが、本音を言うと口先だけだろうと思っていました。名門音楽大学の出身で留学組でしょう。旦那《だんな》さんも超有名な整形外科医で院長だって誰かが言っていました。テレビにもたまに出ているそうです。そんな人からしたら、私たちみたいな学生なんてくだらない存在でしかないのは当然でしょ？

〈私はとことん運が悪い、こんな間抜けな子たちに授業をしなくちゃいけないなんて。こんなところに立つために、音楽に金をつぎ込んできたわけじゃないのに〉

教授たちは皆こんな感じでした。程度の違いこそあれ、似たような顔でこちらを見ていました。芸術家は良い先生にはなれませんよ。自分の時間は千金に値するどころか、それ以上に貴重なのですから。芸術は長く、人生は短し。この言葉、ご存じでしょう？　芸術に充てる時間も足りないっていうのに、生意気な学生に自分の時間を分けてあげるなんて癪《しゃく》に障るわけです。ある教授なんて、学期の間に二度しか授業をしませんでしたから。残りの時間は個人指導となっていましたが、研究室のドアには鍵がかかっていました。そんな大学にお金を払って通うなんて空《むな》しいだけですから、学生の数も徐々に減っていきます。イ・ユミ先生がいなかったら、私もさっさと投げ出していたはずです。とは言っても、投げ出せるものすらないんですけどね。大学に背を向けて家に帰る、ただそれだけです。自分みたいなのがピアノをやめたからって、誰も気づいてくれないだろうし。残っていたのは負けん気と執着だけでした。

ある日、実技の授業が終わるとイ・ユミ先生に呼ばれました。ピアノを弾くようになってどのくらいかと訊かれ、実技の指定曲になっているベートーヴェンのソナタ二十四番を弾いてみなさいと言われました。演奏を始めると先生は背後にやってきて、私の背筋を伸ばしました。そしてウエスト以外は力を抜くようにとアドバイスをしてくれました。手や腕に力が入りすぎているせいで演奏が硬いのだそうです。先生の言葉を借りると、体からあらゆる主権を奪い取らなくては駄目だ。体は音楽を演奏する〈機械〉でしかない、それを忘れないように。考えなど持たない、無力で献身的な〈機械〉だそうです。

ベートーヴェンのソナタ二十四番は〈テレーゼ〉という副題がついています。先生は主人公のテレーゼについて考えてみなさいと言いました。優雅な旋律にふさわしい、美しい生気に満ちた女性。誰もが夢見る女性です。私は祖母を頭に思い浮かべました。近くで長いこと見てきた女の人なんて祖母しかいませんから。体を機械だと思いなさいというのは、楽譜の規律の中にこそ、真の自由があるという意味でした。はじめて、ピアノを弾きながら己を忘れることができました。本当に素敵な気分でした。

練習室を出るとすでに夕飯時で、先生に連れられて近所の粉食店（元々は小麦粉を使ったメニューを出す食堂を指したが、現代では軽食を提供する店の総称）に行きました。トッポッキにキンパ、インスタントラーメンをしこたま食べてから別れ、家に帰りました。授業が終わってから週に一、二度、そんなふうにレッスンを受けるようになりました。後から知ったのですが、先生と粉食店に行っていた学生は私以外にも大勢いました。学生に時間を使うことを厭《いと》わない人でしたね。芸術家ではないかもしれませんが、本物の先生だったということです。

その時までピアノに特別な夢を抱いたことはありませんでした。専攻したのはずっと心に引っかかっていたから、それだけです。父に手を引かれてピアノ教室に行ったあの日が、ずっとかすかな思い出として心に残っていて。でも、自分が演奏家になれると思ったことは一度もありませんでした。

そんな私がレッスンを受けるうちに、ピアノをきちんと理解していくようになったのです。例えば〈フォルテ〉は鍵盤を力任せに叩くのではなく、鍵盤の底まで深く弾く、そうすれば真の意味で力強い響きが起こる、そんな感じのちょっとした指導の積み重ねでした。鍵盤を押して離す一瞬を感じるようになると、音をきちんと描けるようになってきました。あの大きく黒い楽器が生きる獣のように練習室で呼吸し、少しずつ懐くようになりました。本当に痺《しび》れるような感覚でした。

その翌年、ベートーヴェンのソナタ二十四番で小さなコンクールに出場しました。そんなにレベルの高い大会ではありませんでしたが、他校の音大生と実力を競う場で、私は優秀賞に選ばれました。真っ先に感謝を伝えなくてはと、花束を手に急いで大学に向かいました。ところが何があったのか、先生の顔色が真っ青なのです。机の前に座って頭を抱えていましたが、とても近づけないほど深刻な雰囲気でした。

その日は部屋の前に花束だけ置いて帰宅しました。翌日にもう一度行ってみると、花束と一緒に部屋の机も消えていました。電話もつながらなかったです。次の日も、その次の日も同じでした。先生は二度と大学に現れませんでした。ある日いきなり姿を消してしまったわけです。あの頃は裏切られたという思いが強かったですね。心から大切だと思ってくれているなら、あんな形でいなくなるはずはないと考えていたので。でも三十代になった今なら理解できます。説明のしようがない別れのほうが、世の中にははるかに多いのだと。

　最近のピアノ教室は、私が子どもだった頃のような賑わいはありません。英語や数学のほうが比べ物にならないほど重要な時代になりました。娘はピアノよりも勉強ができたほうがそれなりの人生を送れると、母親たちはよくわかっているのです。ロマンは消《き》え失《う》せたというわけですね。それでも毎朝ピアノ教室を開け、誰もいないがらんとした空間でベートーヴェンのソナタ二十四番を弾きます。その美しく優雅な旋律の中、この世に存在しない女性、テレーゼを呼び出すのです。私の生は彼女によって救われました。それは時代とは関係のない、現在の現実の出来事なのです。そういう希望は今でも捨てていません。

*

カン・ミリと再会したのは仕事帰りのエレベーターの前だった。死んだ父親が現れたとしても、あそこまでは驚かなかっただろう。先に気がついたのはイ・ユミのほうだった。五年ぶりだったが、カン・ミリは変わっていなかった。おそらく四十歳近いはずなのに、真っ白な肌にストレートの長髪が輝いていた。その横には同じ顔の小さな男の子がいた。カン・ミリは息子と買い物に行くところだと言った。

　会えてうれしいと挨拶して別れたが、二人とも相手が気になるといった表情でふり返った。一時期は自分の店のスタッフだったイ・ユミが、同じマンションに住める立場になったことがカン・ミリは信じられないようだった。イ・ユミもその晩は一睡もできずに何度も寝返りを打った。彼女の過去を全て知る人間、しかも経歴を盗んだ相手がこんな近くにいたのだ。

同じマンションの住民とばったり会う確率はどれくらいなのだろう。イ・ユミの場合は週に一度ほどだった。生ごみを捨てに行って、郵便物を取りに行って、マンションの周りを散歩していて、駐車場で、たびたびカン・ミリと出くわした。イム・ジェピルに誰だと訊かれると、新しく知り合いになったご近所さんだと言い逃れた。三人で同じエレベーターになった時は緊張で息が止まりそうだった。カン・ミリは会うたびに上から下までじろじろと見た。まるで何かを見つけ出そうと躍起になっているようだった。イ・ユミは楽譜ファイルや出席簿をカバンにしまって持ち歩くようになり、ついにはエレベーターにも乗らなくなった。十七階まで階段で移動すると心臓が破裂しそうになり、全身汗びっしょりだった。ずっとこうして生きていくわけにはいかなかった。別の地域に引っ越そうとイム・ジェピルにせがみ始めた。近くで起こった強盗殺人事件を引き合いに、怖くて外に出られないと言ったのだ。イム・ジェピルは生まれ育ったこの町を去るのは抵抗がある、それにソウル屈指の高級住宅街の警備は、そこまで手薄ではないと反発した。しばらく冷戦が続いたが、最後は妻の頑固さにイム・ジェピルが両手を上げて降参した。新婚生活を始めた家を売りに出し、引っ越しのスケジュールを決めた。

問題がこじれなければ、なんの騒ぎも起こらないまま予定どおりに去ることができたはずだ。だが数日後に手違いが起こった。郵便配達員のミスで、H音楽大学の同門会が送った演奏会のチケットが誤配されたのだ。一七〇三号室イ・ユミ様と宛名《あてな》に書かれた封筒が、七〇三号室の郵便受けに入れられてしまった。カン・ミリは演奏会のチケットを手に、一七〇三号を訪れた。そして訳がわからないととぼけるイ・ユミを疑う表情で告げた。

「そうね、同門会に訊いてみればわかるでしょ」

カン・ミリは意味深長な一言を残して立ち去った。イ・ユミは夢でも見たように意識が朦朧《もうろう》としていた。これが映画だったら、次のシーンでは陶磁器を頭に振り下ろしたり、十七階のベランダから突き落としたりして、カン・ミリの経歴を永遠に我が物とするはずだが、実際に自分の身に降りかかると全身が麻痺したように動けなかった。頭の中で石が転がっていく音がした。巨大な岩が粉々に砕け散りながら坂道を転がり落ちていく音だった。

カン・ミリは金銭を要求してきた。離婚手続き中でもうじき韓国を離れるつもりだったのだ。迅速に処理してくれれば、スキャンダラスな真実は永遠に黙っているとも言った。焦ったイ・ユミはイム・ジェピルから金を借りようとしたが、こちらもそう甘くはなかった。彼は何に使うつもりかと執拗《しつよう》に尋ねた。そして自分は金勘定だけは決して疎かにしないのだと真顔で告げた。

イ・ユミは期限までに金の工面ができなかった。その翌週に学長室に呼び出され、彼女を告発する悪意に満ちた通報があったと聞かされた。学歴と経歴の詐称を指摘する内容だった。学長は卒業証明書を依頼する公文を母校に送ったと言った。彼女の優れた業績を妬《ねた》む者による、とんでもない謀略だと推理しているようだった。返信が届いたら全員が確かめられるように公開する、一週間の休暇をあげるから夫婦水いらずで旅行にでも行ってきなさい、そう言ってイ・ユミの肩をぽんぽんと叩いた。

講師室の私物を整理して家に戻った。早い帰宅に驚くハウスキーパーを帰らせ、きちんと掃除された室内をゆっくり見て回った。彼女の持ち物はないに等しい。家具や家電、食器、バスルームのタオル一枚に至るまで、どれもイム・ジェピルが選んだものだ。その中でもっとも大金をつぎ込んだのが、妻であるイ・ユミだった。その妻が原材料不明の偽物だったという事実を知ったら、彼はどんな顔をするだろう？

イ・ユミは自室に向かうとピアノの椅子カバーをはがした。一握りのマリファナとライターが現れた。少し前から手を出し始めたのだ。マンションのエレベーターでカン・ミリとばったり会った日からだった。日々続く不眠を解消する方法がほかに思いつかなかったのだ。

便器の前にしゃがみ込んで葉っぱを巻いた。火をつけた瞬間、よく知るお灸の匂いが漂い始めた。それを吸い、少ししてまた吸い込んだ。鼻水が流れた。バスルームの床に倒れるように寝転がった。背中に冷たいタイルの感触があった。胃がむかむかして気持ち悪く、頭はぼうっとした。くすっと笑った。お腹の中がくすぐったくて何度も笑いがこみ上げてきた。こんなにあっけなく最悪の形で終わりを迎えるなんて、どこまでも虚《むな》しかった。

大学側はこの一件を秘密裏に処理したがった。資格のない人間をコネ採用で招聘《しょうへい》したなんて、大学の責任も免れられない事態だった。結局は学歴・経歴の詐称ではなく、一身上の都合により退職するということで、大学側とイ・ユミは口裏を合わせることになった。

ポストを失うと結婚生活にも終止符を打つことになった。婚前契約書を書いていた夫婦はあっけなさすぎるほど簡単に別れた。離婚後はチョンセの保証金（賃貸契約時に月々の家賃の代わりに高額の保証金を家主に預けるシステム。退去時に保証金は返却される）が必要ない小さな部屋を借り、数ヵ月間そこに閉じこもった。誰かがドアをノックしても、いないふりをして息を潜めた。デリバリーと缶詰で飢えをしのぎ、ほとんどの時間は睡眠に費やした。どうしたらこんなに眠れるのか不思議だった。限界がなかった。一日が寝て終わることも多かった。目覚めるといつも手足がしびれていて、すぐには現実感が戻らずにぼうっとした。日当たりの悪いその部屋で、イ・ユミは好きなだけ全裸で歩き回り、テレビを観て、だらりと伸び切って眠った。でも家賃が滞り、最後は夜逃げ同然で去ることになった。

　もう少し詳細が知りたかった私は、イム・ジェピルにコンタクトを取った。今でも顎の整形手術で有名な名医として狎鷗亭《アックジョン》で権威を振るっていた。女の世界に生きる人間らしくマナーがあり、話し方も穏やかだった。国内でもっとも裕福な地域の一つである漢南《ハンナム》洞の高級マンションで、彼はこちらの質問に全て答えてくれた。隠すことは何もないという態度だったが、今も理解できない部分が空白のまま残っているようだった。

「あの女に問題があるという事実を知ったのは、結婚して一年ほど過ぎた頃でした。いつだったか、早急に金が必要だと頼んできたのです。実の姉のように親しくしている女性に用立ててあげなくては、とか言っていました。相手が誰なのか問いつめましたよ。親しい人間なんていないことは、私が誰よりもよく知っていましたから。あの女は硬い表情のままはぐらかそうとしました。その頃、いつも何かに追われているようではあったのですが、私には話そうとしませんでしたね」

イム・ジェピルはテーブルの下で脚を組み、落ち着いた声で語った。

「あの女が講義をしていた大学には懇意にしている知人が何人かいました。経歴詐称で解雇の危機にあることを、彼らから聞いてはじめて知ったのです。調べてみると大学はもちろん、実家についての話まで全部が嘘でした。人生が丸ごと偽物だったわけです。ものすごい衝撃でした。我が家のリビングに宇宙から隕石《いんせき》が落ちてきたとしても、あそこまでは驚かなかったでしょう。自分ではあの女のことを完全に理解していると思っていたので」

彼は力なく笑った。

「別れる前に嘘偽りのない真実を話してくれと求めました。そうしたら全てに目をつぶることもできると。あの女はぼんやり私を見上げると、くすりと笑いました。一度も見たことのない顔でした。まるでこちらを嘲笑しているかのような。それからしばらくして、黙って私のもとを去りました。私物を全部置いていったので、処分するのにかなりの時間がかかりました。両親はスキャンダルに耐えかねて妹のいるヨーロッパに移住しましたし、私は一瞬のうちに全てを失ったというわけです」

彼は俳優のようにお手上げだと両手を広げてみせた。今でも思い出すとつらいらしく、眉をしかめていた。

「私が何度も迫って、ようやく叶った結婚でした。あの女が嫌がるもんだから、こちらとしては益々《ますます》したくなる。後悔することは最初からしないほうがいい。気の毒そうな目をして、そんなことを言うわけです。そうすると、もっと負けられないという気になる。結婚以外にあの女をつなぎ止める手段はないってね」

イム・ジェピルは一枚だけ残っていた写真を手渡してくれた。オーバーサイズのコートにすっぽり覆われたイ・ユミが、自分を呼ぶ声にふり向いた時のような表情で写っていた。丸い目に化粧っ気のほとんどない顔は、大学の先生というより学生に見える。二十九歳の姿だった。写真は持っていって構わないと、彼は言った。

「別れてから一度も連絡を取ったことはありませんが、時々あの女のことを考えたりもします。そのたびに、あれが実体のない虚像だったのだと、毎回気づいてはびっくりするのです」

夕暮れ時の高級住宅街は人影がなかった。停留所までかなりの距離をとぼとぼ歩いた。どこからかピアノの演奏がかすかに聞こえてきた。陽の沈んだ薄暗い通りでイ・ユミの写真を取り出し、その輪郭《りんかく》が闇に沈むまでじっとのぞき込んだ。

イム・ジェピルは彼女の仮面の裏側を一度も見ることができなかった。偽の学歴と関係の虚偽には感づいたが、それが何を隠すためだったかまでは気づけなかったわけだ。実際に苦しみの時間が過ぎた今も、彼女について知っていることはほとんどなかった。イ・ユミが稀代《きたい》の嘘つきだったとしたら、イム・ジェピルは独《ひと》りよがりな傍観者だ。彼らの結婚生活がどんな偽善と欺瞞を抱えていたのか、私にはよくわかる。見苦しいところなど一つもないような男の前に、下品な真実を突きつけてやりたかった。でも、それは私の役割ではない。

同じマンションの七〇三号室に住んでいたカン・ミリは、離婚してすぐに子どもとハワイに渡った。イ・ユミとの関係を尋ねる長ったらしいメールを送ったが、韓国での出来事は思い出すのもうんざりだという返信しか受け取れなかった。メールアドレスと紐づけされている彼女のSNSは、自宅の真っ青なプールを背景にしたパーティーの写真で埋め尽くされていた。もう一度メールを書こうか迷ったが、結局は送らなかった。

翌週、父から電話をもらって病院に向かった。三度目の抗癌剤治療のために入院した父のお見舞いと、母に会うのが目的だった。母は少し前から花やら瓶入りのジュースを持って会いに来るようになったそうだ。少しでも多く財産を分捕るための企《たくら》みだと父は言ったが、あながち間違いでもなかった。母は訴訟ではなく、お互いに合意したうえでの離婚手続きを望んでいた。父はこれに無反応、無応答を貫《つらぬ》いた。私が着いた時も二人は黙ったまま、宙とにらめっこでもしているように別々の方向をにらんでいた。父は病院食のお粥《かゆ》を押しやると、ベッドに横向きに寝てしまった。

「私がいると、お父さんは食べにくいみたいね」

母は先に帰ろうと立ち上がった。私は見送るつもりで一緒にロビーまで下りた。

「いい病院を選んだわね」

母は午前中に面談した担当医が気に入ったと言った。国内で第一人者と言われる名医だそうだ。

「お父さんは良くなるはず。癌治療も昔とは違うし、とにかくしぶとい人だから」

「……良くなってくれないと」

病院を出た私たちはベンチに腰を下ろして自動販売機のコーヒーを飲んだ。

「お父さんとほんとに別れるつもり？」

私の少しぎこちない質問に、母は何も答えなかった。

「病気の人間を相手に、ひどい仕打ちだとは思わないの？」

「みんな、いつかは死ぬわ」

母は簡潔に答えた。

「あの日、お父さんが告知された日ね。こんなことを思ったの。お互いに歳を取ったし、こうやって体にあちこちガタが来て、そのうち死ぬんだなって。そしたら我慢できなくなった。一度も生きたいように生きられなかったのに、ずっと自分を押し殺して生きてきたのに、このまま終わるなんて、私の人生は一体なんだったのだろうって」

母は感情を抑えられなくなったのか口をつぐんだ。紙コップを持つ手が震えていた。

「私だって、家庭を失って平気なわけないでしょ？」

母は小さな声で訊き返した。

「でも、これ以上は無理」

「お父さんといて、ずっと不幸だったってこと？」

母は何も言わずに私を見つめていたが首を横に振った。

「あんたにお父さんの悪口を言いたくはないし、結婚生活の不満も言うつもりはない。自分で選んだ道だし、この程度なら十分に耐えたとも思ってる。あんたが理解できないとしても仕方ない」

ベンチから立ち上がった母は飲み終わった紙コップをゴミ箱に投げ入れると、帰るねと言って立ち去った。私はそのままそこに座って、行き交う人をぼんやりと眺めた。五月の日差しは暖かく、道端の青々とした草が涼やかな風に揺れている。軽やかな装いの人々が、その上をのんきに歩いていた。

父と母。彼らとひとつ屋根の下で二十年暮らしたが、二人の真の関係については何も知らない。彼らの結婚生活も、ごく平凡な人々が平凡に歩く道端の風景と同じなのだ。秩序を演じている限り、本当の暮らしは誰にも気づかれない。では本当の暮らしはどこに存在するのだろう？　それは人生の土壇場で明らかになる部分だ。全てを失ったあとに、廃墟《はいきょ》と化した町へと続く一本道の入口で。

次に向かったのは病院からほど近いオフィステル（オフィスとホテルを合わせた造語。住居、オフィスの両方として利用できる建物）だった。年末からずっと使っていない部屋はじめじめしたカビの臭い、そしてかすかにタバコの臭いがした。電気もつけずに机の前に座った。机にはコップを置いた跡が残っていた。指でこすってみたが簡単には消えなかった。

もう書けないと悟ってから、しばらくここで読書に没頭した。でも、それだけのために毎日ここに来るのは無駄だと感じるようになった。これ以上は本も読めなかった。作業室が監獄のように思えてきて自然に足が遠のいた。

朝になると夫には作業室に行くと嘘をつき、あちこち歩き回った。美術館や映画館が多かった。カフェで窓の外を眺めながら時間をつぶした。そこには同じようにひとりで来ている人がいた。全員が若く、怖いほど何かに熱中していた。退屈な時間が流れていった。口の中でがりがりと音を立てる氷が入れ歯のようにがたついた。四方八方をさまよって家に帰ると、足の裏がずきずきして眠れなかった。

執筆は順調かと、夫はたまに尋ねてきた。彼は無限の忍耐と親切をもって私に接した。若かりし日々の輝きを完全に失い、自己不信の沼に陥《おちい》った憐れなパートナーに物心両面での支援を惜しまなかった。彼にはそれだけの余裕があった。大学では確固たる地位を築き、研究成果に対する評価も高かった。誰もがすぐに好意を抱いた。愛されている人間の喜びと心の豊かさがはっきりと顔に表れていた。

いつからだろうか。彼のまっすぐな正しさが私のだらしなさを露呈《ろてい》するようになり、彼の一貫性が私の狂気を誘い出すようになり、彼の明るさが私の闇を呼び覚ますようになったのは。彼に取り込まれる代わりに、私は更なる深みにはまっていった。浮気はそのプロセスの一部にすぎなかった。

Kとばったり会ったのは知人の結婚式だった。かつては恋人だった新鋭の映画監督。イギリスから帰国したことは聞いていたと、再会をとても喜んでくれた。Kの容貌《ようぼう》は過ぎた歳月を実感させた。かつてのシャープなイメージは温厚な雰囲気に変わり、髪の毛は半分ほど失われていて、近い将来ハゲの仲間入りをするのは確実に見えた。噂になったデビュー作以降は新作を発表するたびに酷評され、最近では産業映画に路線変更したが、それすらも興行に失敗するという試練を経験していた。映画俳優の妻と離婚し、面倒な訴訟に巻き込まれ、結局は中古車まで売り払い、生活費を稼ぐために外注プロダクションの仕事をちらほら引き受けているというありさまだった。

人生を噛みしめるように語る彼が不憫《ふびん》でもあり滑稽《こっけい》でもあった。当時の輝きは消え失せてしまったが、辛辣《しんらつ》なユーモアのセンスだけは健在だった。知人の結婚式が終わると自然に場所を変えてお茶を飲み、ワイン付きの夕食まで一緒にしてから別れた。彼の前では若い女のようにげらげら笑えた。何度か昔のような鋭い視線を向けられているのを感じた。

「連絡してもいいよな?」

別れる直前に彼が訊いた。

「駄目」

私は急いで答えた。

「こっちから連絡する」

使い道もなく放置されていたこの部屋に、すぐに彼を連れ込むようになった。定期的に体を重ねた。週に二度、あるいは三度。一緒にランチを食べ、映画を観てからベッドに向かうという順序だった。ベッドだけではなかった。ソファで、バスルームで、床で、壁で、机で、シンク台で、夫には一度も許さなかったやり方で関係を持った。極限まで追いつめられたかった。自分を破壊したかった。でも不幸なことに、どの瞬間も正気だった。もしかすると歳を取りすぎて鈍重になったせいかもしれない。Kを完全には信じられなかったせいかもしれない。現実をぶち壊す勇気がなかったせいかもしれない。それでも関係を続けた。後悔しながらも続けた。この部屋で沈没していく自分を見守った。その根深い憎悪の眼差しに我ながら息がつまった。

夫には毎日違う嘘をついた。〈執筆は順調〉。〈思ったよりも進行が速い〉。〈週末も行かないといけないかも〉。感づかれるのではないかとびくびくしながらも、偽の原稿をプリントアウトして何気なく食卓に置いておいたりもした。一瞬でセックスの痕跡《こんせき》を消し、ネズミのように音もなくドアを開ける術を学んだ。下着をポケットに入れて持ち歩き、夫の隣では眠ったふりをしてゆっくり息を吐いた。体重が減り、素敵になったと周囲から言われるようになった。夫は何一つ疑っていなかった。

Kとの関係は季節が変わる前に終わりを迎えた。私以外にも複数の女がいたのだ。でも、それが問題だったわけではない。お互いへの興味が失せただけだ。真夜中にかかってくる彼からの電話を待つだけの生活は、もう無理だった。終わりにしよう、そう告げるとＫは肩をすくめ、それで終了だった。私はオフィステルから裸足《はだし》で歩いて家に帰った。

「何があった？」

夫が驚いた顔で尋ねた。私は黙って見つめた。彼の眼差しが揺れた。彼に対する憐れみを感じていた。でも、そんな感情はなんの役にも立たなかった。自分の口で話さなくては。彼がプレゼントしてくれた小さな部屋の話を。夢を失い、落胆していた妻に用意してくれた小さな部屋。そこには大きくてがっしりした原木のテーブル、ＩＫＥＡで買った二人掛けのソファ、小型冷蔵庫、ドイツ製のコーヒーメーカーがあった。窓を閉めきると都会の喧騒《けんそう》は完全に遮断された。その部屋でなりたい自分になることもできたはずだった。でも、そうする代わりに昔の恋人を引っ張り込んだ。

話が終わるまで夫は身じろぎもせずに座っていた。死人のように呼吸も瞬《まばた》きもしなかった。話が終わってからもじっと座り続けていると思ったら、不意に何を望むのかと尋ねてきた。〈誰も傷つかないこと〉という私の答えに我慢が限界を超えたらしく、額縁と時計を壁に投げつけると部屋を出て行ってしまった。待ち続けたが、彼は戻ってこなかった。

私は罪の代償を支払いたかったのだろう。頬をはたかれ、悪態をつかれ、全てを奪われるという形で。でも、そのどれも彼は与えてくれなかった。沈黙を貫き、私に対する一切の判断を留保した。そのせいで彼のもとを去ることができなくなってしまった。

六．老人と海

イ・ユミには偽名が必要だった。何度も悩んだ末、自分にイ・アンナと名づけた。おそらくアナスターシャから取った名前だったのだろう。カン・ミリが追ってくるかもという恐怖から、音大の博士課程修了という経歴詐称をやめ、しばらく各地をさすらいながら訪問販売員として生活した。京畿道の外れにあるマンション群を回りながら、児童書籍や化粧品、自動車のナビゲーション、ハンドマッサージャーなんかを売った。販売実績は悪くなかった。昔から話術に長けていたし、人の心をつかむ何かがあった。でも毎月のノルマを強要してくるベテランとの間に摩擦が生じ、すぐに辞めてしまった。

看護助手を目指そうと学校に通った時期もあったが、一年の課程をほぼ終える頃になっても、その仕事に魅力を感じられなかった。勤務時間が長く、給料も微々たる額だった。彼女は老人ホームに暮らす母親のベッド脇にマットレスを敷いて生活していた。イム・ジェピルから結婚のプレゼントとして贈られた高級シルクのスリップ姿で、マットレスに寝そべって看護助手の募集広告を読んだ。スリップは前回の結婚生活から持ってきた唯一の記念品だったが、何か意味があると言うより、それを着ていると気分が良くなるからだった。

この時期のイ・ユミは履歴書を出した病院にことごとく落ちている。面接に進んでも年齢がいきすぎているとか、声が気に入らないとか、団体生活に向かない人相だとか、そんなことばかり言われていた。手当たり次第にパートタイムの仕事をしたが、つねに金欠だった。そんな時に老人ホームを経営する元洋品店の女主人から、Ｄシニアタウンについての情報を聞いた。海辺の高級リゾートをリノベーションしたシニアタウンは、金持ちの老人をターゲットにした住居施設で、そこに常駐する医療スタッフを募集していた。

「免許さえ持っていれば、医者なんて名ばかりの遊んで暮らせる仕事だね」

女主人の一言にイ・ユミの心は揺れた。医師を騙《かた》るのは大学教員になりすますのとは次元が違う。頭でもおかしくならない限り、そんなことを思いつく人間はいないだろう。だが彼女は母親と一緒にいるうちに、老人施設がどう回っているかを把握するようになっていた。看護助手の学校に通ったことで、簡単な医療行為もできるようになっていた。

今回も偽造業者を訪ねた。ここ数年の間に事務所は移転し、広さも二倍になっていた。家庭医学科の卒業証明書、老人健康学会の会員認定書を購入した。医学の学位は以前に買った証明書よりも高額だった。イ・ユミにはお得意さま割引が適用された。

シニアタウンに応募書類を提出すると、すぐに面接したいという連絡が来た。無料の宿泊施設に食事、しかも生活費まで支給されるポストだった。年俸もこれまでを上回る最高額だった。でもリスクの高い医者ごっこを始めたのは、必ずしもそのためだけではなかった。お金は大事な要素だったが、それが全てではなかった。意味のある存在になりたかったし、なりたい役を担いたかったのだ。本来なら不可能なはずの欲求が、どう考えても無理のある経歴詐称へと彼女を追い立てた。

清涼《チョンニャン》里《ニ》駅で午前一時発の電車に乗り、乗り換えを経て、六時半に江原《カンウォン》道《ド》の東海《トンヘ》駅に降り立った。駅近くのカフェでシニアタウンの人事担当者と会った。イ・ユミが一時期は医者の妻だった過去を思い出してほしい。前夫と彼の同僚たちのおかげで医者のタイプなら熟知していた。TPOに合わせた服装と言葉遣い、舌を噛みそうな医学用語をよどみなく駆使することで、都会での生活に疲弊し、しばらく閑職に留まりたいと思っている若手の女医になりきった。常駐医師の雇用が至難の業だったシニアタウン側としては断る理由がなかった。人事担当者は卒業証明書にざっと目を通すと、出身大学は秘密にしてほしいと言い出した。目が高い老人ばかりなので、名門大学の出身でないとわかったらバカにするだろうと。イ・ユミはわざとらしく驚いた表情でうなずいてみせた。

Dシニアタウンは三棟の建物が海に沿ってコの字形に建っていた。イ・ユミの部屋は正面に海が見えて、もっとも景色が良かった。朝になると砂浜を一時間走った。これまでの人生は背後へ遠ざかり、波に押し流されて見えなくなった。

主な業務は簡単な応急処置や頭痛薬の処方くらいしかなかった。医務室にやってくる老人の体温と血圧を測り、いくつかの基本的な薬を処方する。睡眠障害や消化障害を和らげる神経安定剤を求める人がほとんどだった。異常が見られる場合は、すぐに村の専門病院に送った。外出サポートのスタッフと病院に行ってくると、彼らの症状はほとんどが好転した。明るい笑顔を絶やさず、人当たりの良い女医を誰もが好きになった。

シニアタウンの会員には大学病院に主治医がいて、そこでの定期的な健康診断で体調管理をしている人が多かった。ほとんどが七十代に差しかかった老人で、スポーツを楽しみ、楽器を学び、詩を書くなど趣味にも積極的だった。毎週金曜日にはカクテルパーティーが開かれ、皆がその日を待ちわびていた。シェフの特別メニューにバンド演奏、正装した老人たちが気取ってデートする日だった。毎回イ・ユミは片隅に座ってシャンパンをすすりながら、倦怠《けんたい》に打ち勝つ方法を必死になって探す老人たちを眺めた。ここでは耐えられないほどゆっくりと時間が流れていた。そんなある日、静かだったシニアタウンをひっくり返すような事件が起こった。ひとりの入居者が自ら命を絶とうとしたのだ。〈ユン〉と呼ばれているその老人はワインを一本飲み干すと、地下駐車場の大理石の外壁に自分のアウディで突っ込んだ。ボンネットがぐしゃぐしゃになるほどの衝突と轟音《ごうおん》だったが、命にかかわるほどの事故ではなかった。駐車場の外壁は大理石の模様をつけたレンガだったのだ。壁は崩壊し、車から降りた老人はふらつきながらも自力でイ・ユミのもとに向かった。応急処置を終える頃に救急車が到着した。主治医による全身の精密検査の結果、老人は異常なしという所見とともにシニアタウンに復帰した。そしてその翌週、十五階建てのシニアタウンの屋上で靴を脱ぎ、手すりの上によじ登ったところで、マリファナを吸いに来ていたイ・ユミと鉢合わせしたのだった。

イ・ユミはくるくる巻いたタバコを差し出した。ユン老人は面倒くさそうにふり返ったが、人に見守られながら飛び降りるわけにもいかず、結局は手すりから下りてくるとタバコを受け取った。

「ここから落ちたらパン生地並みにつぶれると思いますが、構いませんか?」

火をつけてあげながらイ・ユミが尋ねた。

「私はそのせいで、いつもためらうんですよね」

「先生、私はふざけているわけではないのだ」

ユン老人は硬い口調で答えるとタバコを一口吸った。今ひとつ味が感じられなかったのか、何かぶつぶつ呟《つぶや》いてから深く吸い込んだ。次の瞬間、何かに気づいたようにふり返った。イ・ユミはにやりと笑った。マリファナを吸い終わった二人はしばらく屋上のビーチチェアーに座っていた。海の夕陽《ゆうひ》がひと目で見渡せる場所だった。

「食事に行きません？　お腹空いたんですけど」

二人は傷ひとつなく修理されたアウディで、駅近くのマクドナルドに向かった。イ・ユミはチーズバーガーとバニラシェイク、ユン老人はアップルパイを注文した。彼女はあっという間に平らげた。味付けが薄くて噛《か》み応《ごた》えもない、シニアタウンのふにゃふにゃな栄養食に飽き飽きしていたところだった。ユン老人はもりもり食べる彼女を不思議そうに眺めた。そして食事を終えて帰ろうと車に乗り込んだ時に尋ねた。

「先生はおいくつかね？」

「おじいさまは何歳なのですか？」

ユン老人はがっくりとうなだれて力なく笑った。

「死にたくなった時はいつでも来てくださいね。それが私の仕事ですから」

ユン老人は朝鮮戦争で両親を亡くし、靴磨《くつみが》きからはじめたシューズビジネスをひとりで立ち上げた。かなり良い家柄の娘だった妻は実家の反対を押し切って無一文の彼と結婚し、あらゆる辛苦を共にした。事業は堅実な中堅企業として安定し、地域でもっとも優良な企業という名声を誇った。妻が余命宣告されるまでは、これなら成功を収めた人生と言えるだろうと思っていた。妻は脳の血管にできた腫瘍《しゅよう》のせいで一年後に息を引き取った。何事にも意欲が湧かず、ビジネスからも手を引いた。心を込めてお世話しますという長男夫婦の提案も振り切り、自らの意思でシニアタウンに入居した。イ・ユミは彼の家族をよく見かけた。孫までずらりと引き連れて、敷居《しきい》が磨り減るのではと思うほど足しげく通っていたから、目につかないわけがなかった。

どうやったら少しでも多く財産が手に入るかと血眼《ちまなこ》の子どもたちに、ユン老人は怒り心頭だった。婿《むこ》と嫁までが徒党を組み、つねに彼を追い回していた。アポもなしに押しかける彼らを避けようと、ユン老人はたまにイ・ユミのもとを訪れた。彼女は医務室にかくまってやると温かいお茶でもてなした。ほんのりと香る中国茶だったが、それを飲むと手足が温まって、夜もぐっすり眠れると喜んだ。

イ・ユミの提案で、毎朝一緒に海岸を走ることになった。ユン老人は筋肉と毛髪をきちんと管理してきたおかげで、とても古希目前には見えなかった。でも正式にデートの申し込みをされた時、イ・ユミは思わず声をあげて笑ってしまった。バカにされていると誤解した彼の表情が強張《こわば》った。彼女は急いで謝罪した。

「そういうつもりではなかったんです」

ひっきりなしに笑いがこみ上げてきた。

「うれしくて。本当です」

昔の映画を観に行くことが多かった。海風が涼しい港のドライブインシアターがお決まりのデートコースだった。『カサブランカ』、『ベン・ハー』、『ティファニーで朝食を』、『太陽がいっぱい』、『西部戦線異状なし』、『風と共に去りぬ』といったオールドムービーを観ながら、ピーナッツやポップコーンをつまむ楽しさにハマった。ユン老人は鑑賞中に静かに涙を流すこともあったが、そんな姿にも好印象を抱いた。シワだらけの手を握ると父親の手のように思えた。手をつないで歩いていると、誰もが一度はふり返って眉をひそめた。二人とも気にしなかった。

ユン老人は過去について何も訊かなかった。自身の過去についても話そうとしなかった。過ぎた出来事をあれこれ詮索《せんさく》するのは、時間の無駄以外の何物でもなかった。そうでなくても残された時間は多くないのだ。彼が尋ねたのは二つ、結婚しているのか、子どもはいるのか、だった。イ・ユミは最初の質問に〈失敗した〉、二番目の質問に〈いない〉と答えた。ユン老人はかすかにうなずいた。イ・ユミが質問したのも二つ、なぜ死のうとしたのか、妻をそこまで愛していたのか、だった。ユン老人は最初の質問に〈先生は永遠に生きたいのか〉と訊き返し、二番目の質問にはなかなか答えなかった。

妻が亡くなるまでの一年間は介護を一手に引き受けた。最後は床ずれができないようにシーツの上であちこち体の向きを変え、オムツから漏れてくる大小便を拭き取《ふ》り《と》、夜通し呻《うめ》いて泣き叫ぶ声に起こされる日々だった。これ以上はとても無理だと限界に達した頃、妻はこの世を去った。その日から自分の感情は麻痺したのだと考えるようになった。余生は骨身に沁みるほど冷たくて、いっそのこと死んだほうが楽だと思っていた。それなのにある日、この若い女が現れたのだ。よく食べ、よく笑う、若い女。彼は明るい色のスポーツシャツを着るようになり、周囲からは若返ったと言われるようになった。

当然だが、イ・ユミにとっては亡くした父親代わりのはずだった。男女関係なんて元々そんなものだから、深刻に考える必要はなかった。いずれにしてもキスをした時は、父親のようでも祖父のようでもなかった。ユン老人は穏やかな恋人だった。たまにバイアグラの力を借りなくてはならなかったが、前戯に長い時間をかけ、すぐに果てることもなかった。彼女を緩《ゆる》やかに抱きしめた腕を朝まで離そうとしなかった。

シニアタウンではスタッフと会員の恋愛は禁止されていた。電話はひそひそ声で話し、密談を重ねた。深夜になるとユン老人は彼女の部屋に潜り込んだ。そのまま寝過ごして不意に現れた清掃スタッフの物音に仰天し、タンスの中に一時間も隠れたこともあった。べランダでこっそりマリファナを吸っていたら人の気配を感じて肝をつぶし、二人でお腹を抱えて笑ったこともあった。

内密に続いていた関係が明らかになったのは、ユン老人の古希を祝うパーティーだった。シニアタウンのホールを借り、ホテルのケータリングを頼んだ華やかな席で、親に対しては一拝が普通なのに、わざわざ三拝しようとする子どもたちの仰々しい行列を手で制した。そして重大発表があるからと司会者のマイクを奪い取ったのだ。三十代の若い妻を迎えるという発言に嫁は失神し、すでに婚姻届も提出したという言葉に息子と娘、婿までが真っ青になった。パーティーは修羅場と化した。ユン老人はひとり悠々と宴会場を後にした。

イ・ユミはその騒がしいプロポーズを素直に受け入れた。財産狙《ねら》いだったかもしれないし、ひとり生きていくことに寂しさを感じていたかもしれないし、もしかすると彼を本当に愛していたかもしれない。どれも推測でしかない。結婚にはいくつもの条件が介入する。愛は大切な要素だが、それ自体は結婚を駆り立てる力にはならない。人は結局、欲しいものを手に入れるために結婚を選ぶ。手に入るなら、知らない人間と生涯を共にすることも厭わないと決心するのだ。

●REC

古希を祝うパーティーの日、父は黒の燕尾服《えんびふく》を着ていました。全員で韓服《かんふく》（朝鮮半島地域の民族衣装。上衣と下衣に分かれている）をあつらえて着ようと言っておいたのに、送ったものは放り捨てでもしたのでしょうか、どこにも見当たりませんね。父は背が高くて腰も曲がっていなかったので、燕尾服姿はとてもカッコよかったです。妻が鼻にかかった声で、お義父さま、ケーリー・グラントみたいですねと大げさに騒ぎ立てました。父はそんな嫁を気に食わないという顔で見るだけで、何も言いませんでした。最初から妻のことを気に入っていませんでしたから。

「若いのに、なぜそんなにねちねちしているのだ」

会うたびに面と向かってそんなことを言っていましたから。あの日、私たち五人家族はあつらえたおそろいの韓服を着ていました。妻は三人の娘を年子で産んだのに、男の子が諦めきれなくて漢方を飲んでいました。父が結婚を発表した瞬間に文字どおり気絶してしまったのですが、実は妊娠四週目だったのです。待ちわびていた第四子おめでたのニュースは、父の結婚発表に埋もれてしまいました。

父はその女を正式に紹介してもくれませんでした。そんな手間すらも必要ないという意思表示だったのでしょう。だから妹と二人で会いに行きましたよ。グラマーな後妻業の女を想像していたのに、思っていたより美人じゃなかったので驚きました。背が高く、化粧っ気のない顔と印象的なまでに黒い瞳を持った女でした。我々の前で卑屈になることも居直ることもなく、落ち着いて淡々とした態度に余計腹が立ちました。愛されていると確信する人間の態度ですよ。

父は、あの女のために島に家を買って修理していました。あの女が好きだからという理由で庭に木を植え、花を植え、小さな噴水まで設置したそうです。私たちには小銭すらもけちけち渋っていた、あの老いぼれがですよ。

私は司法試験の勉強をしていた時期も小遣いをもらえませんでした。偉大な人物はみな苦学生だった、とか言ってたかな？　母がこっそりくれる金で生活しながら、五年間みっちり勉強しましたが物になりませんでした。どうせこうなるだろうと思っていた、私にとっては手痛い挫折《ざせつ》なのに、父がそう無造作に口にするたび死にたくなったものです。本当に死んでも、どうせこうなると思っていたと、またしてもあざ笑うのでしょうか。そういう話をするたびに、周囲はまたまたと笑いました。親子の間でそんなことがあるわけないと。あの人たちは知らないから、そう言えるのです。お前には失望したと生涯言われ続ける心情。そしてどんなに努力しても気に入られず、水準以下、期待値以下でしかいられないと、人間は何を諦めるようになるのかを。

父は高卒認定の学歴で事業を起こし、大学の課程まで終えました。三十代で、すでに社員数十人からなる靴メーカーの代表でした。一八五センチを超える長身に、趣味でボクシングをやるほど体力もありました。私なんかが勝てるはずがないのです。父の望む息子には一度もなれませんでした。おとなしくしていると怠惰だと言われ、何かにチャレンジしようとすると狡猾《こうかつ》だと言われました。父の会社で仕事を学ぶ最初の数年間は、それこそ社員よりもひどい扱いを受けました。オーナーの息子だと嫉妬《しっと》するどころか、皆が気の毒がるほどでしたから。

それでも母が亡くなり、父の勢いもピークが過ぎると少しは楽になりました。孫の天真らんまんな姿でも可愛がりながら、徐々に弱っていくだけの年齢ですからね。そのうち死ぬだろうと思っていたのです。それはもっとも楽しい想像でした。父が死ぬのを見届ける想像のことです。肉体から生命が抜け落ちた瞬間、どっしりと立った私が後継者として生のバトンを受け継ぐのだろうと。真の意味で和解できるのは、そこしかないでしょうから。とにかく彼の亡骸《なきがら》を埋葬するのは、この私だとね。

そんな想像をあざ笑うかのように、父はあの若い女と式を挙げました。年寄りが恥ずかしげもなく家族を呼び集め、聖堂でミサ形式の結婚式をしたのです。真っ白なツーボタンのスーツを着て、パイプオルガンの音色に合わせて娘より若い女に寄り添うザマといったら。参列客だって友人の十五人が全てでしたから。父の妻になった人はブーケも持たず、膝丈《ひざたけ》のアイボリーホワイトのワンピース姿でした。その姿を見つめる父の顔は青年のように輝いていましたよ。クソジジイ、絶対に頭がおかしくなったんだと悪態をついていた妻も、その瞬間は力なくため息をつくと言いました。

「本気で愛しているのね。あなた、あんな恋愛したことある？」

子どもじみた発言に腹が立って、俺を引き合いに出すなと叱《しか》ると、妻は寂しく微笑みました。我々はお見合いして二週間で結婚しました。お互いに実家の財産、学歴、兵歴まで文書を交わしたのを覚えています。式の当日は妻に一言も話しかけませんでした。好きな女が別にいたので、なんとも複雑な心境だったのです。結婚写真には二人とも半笑いで写っています。妻だって似たような秘密が全くなかったわけではないでしょう。それでも十年以上にわたって結婚生活をうまくやってきたし、子どもも二人生まれました。お腹の中にだってもうひとり入っています。それなのに、あの瞬間に耐えようのない敗北感を覚えたという現実を理解できますか？　妻が先に帰宅してからも、その場にひとり残りました。披露宴会場の片隅で酒を飲んでいると、ぶつりと糸が切れたように憎悪がこみ上げてきました。そのまま父に向かって突進しましたが、あのジジイはびくともせずに堂々と受けて立ちました。

「いい加減、大人になれ」

そして私をタクシーに乗せながら、あきれたという顔で言いました。

「これからはお前の人生を生きろという意味だ」

それだけ言うと車のドアを閉めてしまいました。若い妻が待っているから気が急《せ》いていたようです。お前の人生を生きろという言葉は、父にとっては簡単なのかもしれません。でも、私にはあまりにも難しかった。大きな筆を振り回している父の横で、細いペンで絵を描いたって楽しいはずがないでしょう。母はそんな私を誰よりも不憫に思ってくれました。私のために父と言い争いになることも多かったです。

記憶の中の父と母は、いつも少し離れて別々に歩いています。長年連れ添った夫婦がそうであるように、二人は目を合わせることもありませんでした。闘病中ではあるけれど、父の手の温《ぬく》もりを思う存分に感じられるから、それが本当にうれしいと、母が冗談を言っていたほどですから。よっぽどですよね。

本来の父は感情をあらわにするタイプではありません。でも、あの女といる時だけは違いました。ちょっと見れば誰でもわかったはずです。あの女は休日になると島の家で過ごしていましたが、そのたびに父がフェリーを操縦して出迎えたり、見送ったりしていたそうです。タイミングを合わせて食事を準備し、コーヒーまで淹《い》れて運んでいたと聞きました。女のために花を育て、その花で花輪まで作っていたとか。死んだ母がそのザマを見たら墓から飛び出してきたでしょうね。

その頃には妻のお腹もかなり大きくなり、産婦人科の超音波検査で今回も女の子らしいと言われました。がっくりと診療室から出てきてロビーの椅子に座っていると、よく知る顔が通ったそうです。父とあの女でした。二人が診療室に入っていくのをこの目で見た。子どもを作るつもりだ。これ以上は我慢の限界だと、妻は体を震わせて言いました。私と妹も爆発寸前でした。

父は遺産分割について何も決めていませんでした。時期が来たら整理するつもりだと、いつも曖昧な言い方しかしなかった。母が亡くなると、母の分まで自分の財産に戻したのです。私たち兄妹は言われるままに従うしかありませんでした。でも、ここまでの不意打ちを食わされると、今さらですが我慢できなくなりましてね。あれは我々の取り分でした。父に気に入られず、ずっと不安を抱えて生きてきた我々のね。

父のいない隙を狙って、あの女に会いに行きました。私を見ても驚きもしませんでしたよ。まるで来ることを知っていたかのように、コーヒーなんか出してきました。私はそれを払いのけました。熱いコーヒーがズボンにぶちまけられたというのに、あの女は落ち着いてタオルで拭き取っています。私は思い切り罵《ののし》りました。今まで一度も口にしたことのないような罵詈《ばり》雑言でした。その時、ようやく気づいたのです。自分はあの女を恐れているのだと。自分より若いあの女を。その事実を目の当たりにすると、膝から崩れ落ちるような衝撃を受けました。

「そんなに激怒しなくても。心配しているようなことにはなりませんから」

あの女は静かな声で言いました。

「子どもはできていないはず。心配しなくても大丈夫です」

その一言でおとなしく引き下がって帰宅すると、妻は怒り出しました。でも、なんとなく信じてもいいと思えた。どうしてかはわかりませんけど。あの女がひどく疲れて、悲しそうに見えたからですかね。妻は覚書《おぼえがき》みたいな書面を作る必要があるとこだわりました。

「覚書？　そんなの意味あるか？」

「どうしても駄目なら、産婦人科にでも連れていって……」

思わず笑ってしまいました。

「だからお前は、親父《おやじ》にねちねちしているって言われるんだよ」

軽い言葉のつもりでしたが、妻はいきなり両手で顔を覆うと、その場にしゃがみ込んで泣き出したのです。妊娠七ヵ月のかなり大きくなったお腹を突き出してむせび泣いていました。自分はなんて無能な人間だと、その時はじめて思いました。そして、お前の人生を生きろという父の言葉を思い出しました。

「泣くなって、お腹の子によくない」

妻の肩に手を置いて言いました。

「とりあえずは静観しよう。今すぐ何かが起こるわけじゃないんだから」

その一件から二ヵ月後に父は亡くなりました。飲酒運転の車にはねられ、事故から一週間後に息を引き取ったのです。あの女は斎場に入ることすら許されませんでした。妹が恐ろしい剣幕で寄せつけなかったのです。父が亡くなる少し前から二人は別居していたそうです。荷物を整理しようと家に行ったのですが、生活感の全くない部屋でした。ゴミ箱は使い捨ての容器や割りばし、インスタントコーヒーの袋であふれていました。若い妻との結婚生活は思っていたほど幸せではなかったのかもしれない、そんな気がしました。

父の遺言には私と妹、そしてあの女で遺産を三分割して同等に分けるよう書かれていました。でも、あの女は遺産を整理する前に姿を消しました。もし現れたとしても、弁護士を総動員して詐欺罪で告発してやるつもりでした。あの女だって、そのくらいは気づいていたはずです。

葬儀が終わってすぐに妻が四人目の子を出産しました。生まれてきたのは、娘ではなく息子でした。超音波検査をした医者が些細なものを見落としたというわけです。私にそっくりな息子を見ながら、はじめて父を理解できた気がしました。この子と私は完全に別の人間で、でも完全に同じ人間でもあるということ。過去に追い払ったはずの自分自身が、そっくりそのまま飛び出してきて、今こうして純粋無垢《むく》な顔で私を見つめているということ。どんな気分かわかりますか。ええ、これがこの話の全てです。

＊

休日の船は人が多かった。色とりどりの登山服姿で船が揺れるたびに歓声をあげていた。待っていましたとばかりに、カバンからつまみを出してビールを飲む人もいた。私は売店で買ったコーヒーを持ったまま船上に出てみた。売店のスタッフによると、その島は本来静かな漁村だが、少し前にテレビで紹介されてから急激に観光客が増加したそうだ。船に打ち寄せる波が泡沫《ほうまつ》となっては消えていく風景を、思いきり首を伸ばして眺めた。

その日の午後にユン老人の息子とDシニアタウンで会った。シニアタウンは経営難で昨年に閉館し、今回もまたホテルの系列会社が買い取って、客室にリモデリングしている最中だった。一階のカフェとスポーツジム、プールだけがオープンしていた。行き交う人のほとんどがパステルトーンのホームウェアを着た高齢者だった。一階のカフェでユン老人の息子を待った。彼はインタビューの依頼を何度か断ってきたが、近所まで来たと連絡したら、今頃になって会おうと言ってきたのだ。小柄で穏やかな印象の男性だった。ユン老人の遺品の一つを見せてくれた。結婚指輪だった。飾りのないシンプルなプラチナの指輪を何気なく左手の薬指にはめてみた。意外にもサイズはぴったりだった。

「お持ちください。処置に困っていたので」

妻からの電話に急いで立ち上がると、彼は二人が暮らした家の住所を教えてくれた。近くの島にあるというその家は、かなり前から売りに出しているものの、買い手がつかずに空き家になっているとのことだった。

遠ざかる陸を見つめた。今朝荷造りをしていると、娘が一緒に行くと泣いてしがみついてきた。新しいベビーシッターは今日が初出勤だった。同じマンションに住む六十代半ばの女性で、少し年齢が行っているのが気にはなったが、ご近所だという理由で即時採用した。初対面の人と家に取り残されると知った娘は駄々をこねて泣き続けた。脚にぶら下がってくるのを断固として引きはがすと靴を履いた。玄関のドアのすき間から泣き叫ぶ声が聞こえてきた。波の泡沫を見ている間も、その泣き声が頭から離れなかった。

キュリー夫人は一日に子どもを抱きしめる時間を決めていたそうだ。普段は三十分から一時間だったが、子どもの具合が悪い日は三十分追加した。私はこの話が好きだ。科学的でありながらも罪悪感を減らしてくれるからだ。でも私はキュリー夫人ではないし、生死すらも後回しにして遂行すべき人道的な研究をしているわけでもない。頭のおかしい女を追っているだけの、やはり頭のおかしい女でしかなかった。

毎週決まった時間に短いながらもご機嫌伺いの電話を寄こしていた夫から、もう半月ほど連絡がない。それが何を意味するのかは謎だった。夫のロンドンでの生活をしばし想像してみたが、何も浮かんでこなかった。ロンドンのような大都会をイメージする時にお決まりの残像が、明かりと騒音の中で頭をかすめていくだけだった。私から連絡することはできないし、彼もそれはよくわかっていた。最初からの暗黙の条件だった。

甲板に出ているのは五、六人だけだった。全員がひとりで、ぼうっと海面をのぞき込んでいた。もうすぐ目的地に到着するという船長の館内放送が流れた。少しして船体が港に触れるかすかな衝撃が体に伝わった。

出口に押しかける人波が少し落ち着くのを待っていたら、最後のひとりになった。小さな家が軒を連ねる曲がりくねった道をしばらく上ると、遠くに黄色い屋根の二階建てが見えた。固く閉ざされたドアを意味もなく何度かノックしてから、ぐるりと一周してみた。庭園は雑草が生い茂り、噴水も涸れていた。

妻を出迎えようと船に乗るユン老人を想像してみた。トラブル続きの年寄りだったが、イ・ユミとの生活は全てがはじめての経験だった。小旅行に行き、庭園を手入れし、食事を自ら準備する暮らし。周囲があざ笑っていたことを、彼は知っていたのだろうか。最初は万事順調だった。大方がそうであるように、問題は結婚式が終わってから始まるのだ。

ユン老人が子どもを作ろうと言い出した時、イ・ユミは動揺を隠すために咳払いした。子を産み、育て、守る。本当にそれを望むのかと何度も問いただした。ユン老人は無邪気な少年のようにうなずいた。その瞬間、イ・ユミはまるで妊婦のようにえずいた。時間をくださいと答えたが、子どもは望んでいなかった。ウナギやオポッサムやウシガエルを欲しくないように、子どもも欲しくなかった。時間をもらったところで変わらない。でも、そんなことを言うわけにもいかず、悩みながら心の内を打ち明けた。以前の結婚生活では一度も避妊しなかったが、それでも妊娠しなかった。もしかすると、子どものできない体質なのかもしれない。正直に言うとラッキーだとも思ったと。それは彼女の父親が生涯にわたって抱いていた疑惑でもあった。自分はどこか欠陥のある人間なのではという疑惑。一部始終を聞いたユン老人は、もう気にするなと彼女の肩を引き寄せ、イ・ユミも安堵のひと時を過ごした。だが、すぐに彼は近郊でもっとも有名な不妊クリニックに電話をかけた。どこにも異常のなさそうな若い女性たちが、世界一不幸な表情で集まる場所だった。初診の前には長いアンケート用紙を埋めなくてはならない。初体験の年齢、直近の性交渉の日時、一週間の平均回数、性交中の痛みの症状……。まるでSEXコンサルティングを受けている気分だった。不妊クリニックは産婦人科の最上階にあり、すぐ下の階には新生児室があった。その道順は奇跡を起こす未来の聖杯を下の階で確かめてから、上の階へと冒険に旅立つ行程のようにも見えたが、クリニックの前に立つ人々の表情を見ると笑ってばかりもいられなくなった。子どもを作って何がしたいのかとイ・ユミは尋ねた。

「そうだな、自転車の乗り方を教えて、ボール遊びをしないと」

「全部息子さんとやったんじゃないの?」

「当時は父親になるのが早すぎた」

そう語る瞳にかすかな後悔の色が宿っていた。彼は諦めないだろうと気づいた。ユン老人は初志貫徹しないと気が済まない。壁に突進して粉々に砕けるとしても戻り方を知らない人間だ。最後は言い争いになった。あなたは自分を押し付けているとイ・ユミは非難し、お前は自分のことしか考えていないとユン老人も言い返した。お互いを噛みちぎり、引っかいた。とても話し合いにならなかった。

ユン老人は知らなかっただろうが、その頃のイ・ユミは母親の問題に頭を悩ませていた。神経組織の損傷により、少し前から体調が急激に悪化していたのだ。高齢すぎるという理由から病院側は手術に難色を示していた。母親を失うかもしれない状況だった。望んでもいない子ども、できるかもわからない子どもをめぐって夫婦の勢力争いをしながら、時間を無駄にしてはいられなかった。最終的にまたしても荷造りすることになった。

「いま出ていったら、二度と会えないと思え」

ユン老人はその背中に向かって効力のない脅迫をまくし立てた。イ・ユミは肩にカバンをかけると黙って家を出た。彼はがらんとした家にひとり取り残された。数日間はまともに食事もできず、眠れなかった。

事故が起きた瞬間は彼女に会いに行く途中だった。娘よりも若い女、嘘で塗り固められた女、イカれた結婚を敢行させたその女は、もはや彼からの連絡に反応すらしなくなっていた。深夜に家を出てフェリーに乗り、メッセージを送った。

マクドナルドで待つ。

人生で唯一の定義としてくり返されるパターンがあるとしたら、それはアイロニーだろう。一時は自ら命を断とうとした男は、自分に生気を吹き込んでくれた女のもとに向かう途中、道路上で体の半分をぐちゃぐちゃに潰された。イ・ユミがようやく駆けつけた時は、すでに昏睡《こんすい》状態だった。ユン老人の家族は、彼女が父親を殺した犯人かのように睨《にら》みつけた。全員でバリケードを張って病室に近づけなくしたから、間近で夫の顔を最後に見ることも叶わなかった。

ユン老人は二年前に葬った妻の隣に埋葬された。妻を見送ってからの寂しさに耐えかねて後を追ったのだろう、そう噂する人もいた。スキャンダルまみれだった晩年の恋愛事件について正確に知る者はおらず、知っている者も死者に対する礼儀に反すると口外しなかった。真夜中に信号無視をして車にひかれたという事実すらも家族はひた隠しにした。

七．隠れ家

母親が死んだ時、イ・ユミは泣かなかった。目を見開いて見下ろした。いつも理解不能の言葉を笑顔でぺちゃくちゃと話していた女性が、今は重々しい表情で口をつぐんでいる。無駄だとわかっていたが体を揺すってみた。それで終わりだった。火葬して小さな骨壺《こつつぼ》に収め、父親の遺骨がある納骨堂に並べて安置した。二人の骨壺は双子のようで、まるで彼女を待つ精霊のようにきらきら輝いていた。

老人ホームの女主人は事業をたたんで息子のいるニュージーランドに発つことになり、一緒に行かないかと誘ってくれた。イ・ユミは首を横に振った。空港まで見送りに行くと、つらくなったらいつでも来なさいと住所を書いた紙を手渡してくれた。その翌年に女主人も老いた身での外国生活がたたって亡くなるのだが、その時の二人は知るよしもない。空港から出たイ・ユミは、その場に倒れるように座り込んだ。体内の水分が蒸発して指先までじんじんするほどだった。マリファナを切実に求めていたが、ユン老人が死んだ時に二度と手を出さないと決心したのだ。彼に対する哀悼のつもりだった。

あれから数ヵ月が過ぎたが、いまだに実感が湧いてこない。悲しみも感じられなかった。どんな人だったのかと誰かに訊かれても、一言も答えられないだろう。ずっと前に道ですれ違っただけの相手も同然だった。自らに罰を与えるようにマリファナをやめた。おかげでしばらくの間は手足が震える禁断症状と闘わなくてはならなかった。それ以降は一度もマリファナを寄せつけなかった。

母親の死によって、いくらかの遺産が手に入った。生活費の名目で送り続けた金がそのまま残されていたのだ。現金化した全額をカバンに詰めて持ち歩いたが、ある日、中古車センターで最初に目についた自動車を買った。シルバーグレーのすらっとしたラインを持つ、ドイツ製のスポーツカーだった。トランクには服や靴、カバンをぎゅうぎゅうに詰め込み、助手席には缶詰を目一杯積み上げた。運転席に座ってエンジンをかけると、体に心地よい振動が伝わってきた。ハンドルを握り、そっとアクセルを踏んだ。

いったん車が走り出すと、もやもやしていた頭の中も落ち着いていった。ユン老人と母親が相次いでこの世を去った今、もう帰る場所はなかった。自分の最期は自殺で締めくくられるのだろう、漠然とそう予想しながら生きてきた。そこに至るまでの道のりが長いか短いかの違いにすぎなかった。恐れることなくスピードを上げ、事故の危険をものともせず、切り込むように車線変更をした。そんな運転にもかかわらず、軽い接触事故ひとつなかったのは不思議だった。まるで車全体が〈危険、接触禁止〉と脅すようなオーラを発していたようだった。どの車も彼女を避けて通った。

朝から晩まで運転し、海辺や山中をかき分けて走り回った。缶詰が底をついてからは、コンビニエンスストアで調達したゆで卵とカップラーメンで腹を満たした。夜になると人気の少ない場所に車を停め、後部座席に敷いた寝袋で眠った。夜が明けると霧に包まれた見知らぬ風景が眼前に広がっている。同じ日々のくり返しだった。そのうちに自分の存在が蒸発するか、生の痕跡が途切れることを願ったが、そういう事態にはならないまま資金が底をついた。ガソリン代が払えなくなり、生活の変化は避けられないものとなった。

J国立公園の駐車場の奥まった場所に車を停めてねぐらにした。当時は未来に対するプランが何一つなかったようだ。最期の瞬間が訪れるまで自分自身を維持するという考えだけで、死なない程度に水を飲み、最小限の食べ物を口にしていたが、すぐにわずかな残金もなくなり、それすらも難しくなった。行楽客の弁当やデリバリーの残飯、ゴミ箱のペットボトルを恥も外聞もなく拾って飲み食いした。もっとも好んだのは保管が簡単で傷みにくく、さまざまな味を楽しめる湿気《しけ》ったスナック菓子だった。どこまで墜《お》ちられるだろう、試すように自らを卑しめ、また卑しめた。蛇のように地べたを這いつくばって徘徊《はいかい》した。

体重は激減したが体に異常が生じることはなく、意識もしっかりしていた。現実をきちんと認識していた。酔っ払いに体を触られそうになるという不快な出来事をきっかけに、髪を切って男性のふりをするようになった。男装は路上生活に便利だった。ぶかぶかの服とガニ股《また》歩きだけで面倒な言いがかりの数々を回避できたが、それだけが理由ではなかった。過去から逃れたかったのだ。自分自身を消してしまい、完全に別の存在になりたかった。罪悪感や後悔などではなく、長いこと胸に抱いてきた生きることへの憎悪、それが全てだった。

秋が深まり、夜中になると身震いするほど気温が下がった。暖房がつけっ放しのトイレのほうが車の中よりも暖かいことに気づいた。管理人が夕方に帰ると、寝袋を持って男性トイレのいちばん奥の個室に入り、鍵を閉めた。ふたを閉めた便器に寄りかかったり、うつ伏せになったりして浅い眠りにつくのだが、毎晩さまざまな気配で起こされた。公共のトイレは驚くべき使い方をされていた。彼女のように凍りついた体を温め、睡眠をとるだけでなく、恋人とセックスする人、キンパやトッポッキを持ってきて食べる人、用意周到に準備してきて終日読書をする人もいた。ある日、誰かがトイレのゴミ箱の上に置いていった本の束を見つけた。貿易学の専門書、囲碁の入門書、小説、古い映画雑誌などが交じっていた。数日が過ぎても持ち主は現れなかった。何気なく、その印刷物を読み始めた。活字の意味よりも形を追っているような読み方だったが、それだけでも徐々に消えつつあった彼女の存在は生気を取り戻した。デヴィッド・リカードやアダム・スミスといった名前、コスミ、ポン抜きといった囲碁用語、『美術館の隣の動物園』のような映画タイトルが順番に彼女を通過していった。

最後に開いた本が『難破船』だった。薄っぺらくて著者名もないその本を最初に読んだ時は何も感じなかった。印象深い単語もなかった。でも数日後、脱水症状で便器にもたれるように横たわった彼女は、狭苦しい個室の中で膨らむ真っ白な帆を見た。それはおそらく空腹による幻覚だったのだろうが、本物さながらでとにかく美しかった。ぴんと張られたフォルムはゆったりとしたスカートのようでも、さらさらした布団のようでもあった。

痩せ細った手を伸ばし、その『難破船』を再び開いた。以前と違って一行、一行を噛みしめるように読み進めた。まるで自分の物語だった。内に秘めた感情の軸の一つをそのまま書き記したようだった。深い海の底、沈没した船の甲板に立つ自分自身が感じられた。小説に登場するダイバーの孤独と恐怖が理解できる気がした。水の底、白い帆のイメージが瞳にタトゥーのごとく刻まれて消えなかった。

水道水をお腹がいっぱいになるまで飲み、その本を何度も読んだ。数行を暗記するまでになると、まもなくノートに丸写しするようになった。当時は誰とも関係を持たず、何もせず、その小説を白紙に書き写す作業に没頭した。たまに書いた文章を音読することもあった。本一冊の筆写に一ヵ月ちょっとかかり、ついに公園から完全に人がいなくなる冬がやってきた。来園者がいないので園内の売店もクローズした。ゴミ箱もすっからかんだった。

三日連続で食べ物にありつけなかった日、イ・ユミは朝まで眠れなかった。大切に取っておいた吸殻を取り出し、ぶるぶる震える手でマッチの火をつけた。タバコを吸い終わると日の出と共に山を下りた。中腹に小さな寺があった。長いほうきで空き地を掃いていた若い僧侶《そうりょ》が顔を上げ、澄んだ目で彼女を見つめた。顔を背け、ひたすら道沿いに下っていった。ふもとにたどり着いた時は失神する一歩手前だった。小さな教会が目に入った。もくもくと湯気を立ててご飯を炊《た》いている教会。食堂のほうから味噌《みそ》チゲ、焼きサバ、キムチの匂いが漂ってきた。

食堂へとまっしぐらに進み、並ぶ人々のすき間に入った。誰も彼女の存在に気づかなかった。親切なボランティアがメストレーにご飯を盛り、汁とおかずを載せてくれる間、倒れないことに全精力を傾けた。最初に目に入った席に座り込み、ほとんど噛まずに口に詰め込んだ。もう少しゆっくり食べてくださいと言う声が聞こえた。さっき食事を盛ってくれた若い女、ジンだった。

「断食は何日されたのですか？　三十日以上ですよね？　だったら補食からはじめないと。そんなことしたら胃に良くないですよ」

ジンは勝手に彼女のメストレーを持っていってしまうと、代わりにお粥を運んできてくれた。真っ白なお粥が口の中で甘く溶けていった。食べて、食べて、ひたすら食べた。そこが教会ではなく祈禱院《きとういん》だと後から知った。四十日にわたる四旬節がちょうど終わったところで、集まった人のほとんどが痩せこけてひどい臭いを放っていた。つまり全員が彼女と同じような姿をしていたというわけだ。

食べ終わると皆についていって宿泊施設に入り、暖かい床で汗をかきながら深い眠りに落ちた。目覚めたのは翌日の午後だった。驚くほど頭がすっきりしているのを感じ、再び料理の匂いが漂う食堂に行くと、今回は白飯とおかずを食べた。遠くにいたジンがその姿を見つけ、近づいてきて声をかけた。

「体はどうですか？」

イ・ユミは口を開くと大丈夫だと答えた。喉《のど》から出てきたしわがれ声が自分の声ではないみたいで少し驚いた。誰かと最後に話したのがいつだったか、よく思い出せなかった。イ・ユミはイ・ユサンと名乗った。三十三歳、職業は小説家、両親はロシアで宣教師をしていたが少し前に亡くなったと。隣で興味深そうに聞き耳を立てていた中年女性が宣教師という言葉に仰天した。

「兄弟！　もっと早く言ってくださいよ。宣教師さまのご家族には特別なおもてなしをするのに」

その日から食事の時間になると、焼いたイシモチが一匹おまけで付くようになった。祈禱院の一日は礼拝の時間を中心に回っていた。ひとりで誰もいない宿泊施設にいては怪しまれるので、一緒に礼拝堂に赴くようになった。牧師が怒鳴るたびに気を失う人たちが不思議だった。その夜、自分の車に戻って荷物を運んできた。祈禱院のシャワーブースで服を脱ぐと、激痩せした体が見えた。胸の隆起がほぼ消え、まるで少年のようだった。鏡に映る自身の姿を魅入られたように見つめた。母親が亡くなってから一度も生理が来ていなかった。あの全てを経験しても生き残り、しかも若返ったような気分まで味わっていた。

祈禱院では一日に四度の礼拝を行い、一食も口にしないで祈る人も多かった。断食すれば自分たちの神が感動するとでも思っているようだった。礼拝堂はすすり泣きと誰かがつぶやく聖書の一節、すえた臭いがつねに渦巻いていた。イ・ユミは遅くまで礼拝堂の周囲をうろつき、祈禱室に閉じこもり、深夜になると男性の宿泊施設に入って眠った。食事の時間に食堂へ行くたびに、ジンが笑顔で迎えてくれた。餓死直前にまで至った数ヵ月を埋め合わせるように、食べて、食べて、食べまくった。このままでは病気になるのではと思うほど食事の量は増えたが、それでもなかなか満足できなかった。

祈禱院ではロシアからの留学生で、両親は宣教師だと紹介された。皆が自分のことを〈兄弟〉と呼ぶのにも少しずつ慣れていった。男たちにじろじろ見つめられると思わず緊張したが、一度も女だとはバレなかった。

一ヵ月以上を祈禱院で過ごした。ジンとは特別親しくなった。たまに二人で周囲を散歩したり、お茶を飲んだりした。ジンは祈禱院の中で妙に浮いているように見えた。じきに六歳の息子がいる未婚の母だと知った。中学校の校長をしている母と一緒に暮らしていて、祈禱院のボランティアは母がするはずだったが、急に仕事が入ったので代打としてやってきたのだそうだ。子どもの写真を見たいとイ・ユミが言うと、ジンの顔がぱっと明るくなった。彼女にとっては息子の名前だけが祈りの主題なのだ。全員が目を閉じている礼拝堂でイ・ユミは目を開けたまま考えた。自分には祈りたいと思える対象があるだろうか。彼らの神は何も答えてくれなかった。

家に帰る前日、ジンはこれからどこで暮らすつもりなのかとイ・ユミに尋ねた。安宿かチムジルバン（スーパー銭湯のような温浴施設で数種類のお風呂やサウナ、アカスリや岩盤浴といった施設がある。二十四時間営業のところは休憩スペースで宿泊もできる）に滞在しながら部屋を探すつもりだった。ジンが家に来ませんかと快く誘って車に乗せてくれたので、一緒に山を出ることになった。親切なジンはしばらく眠ったらどうですかと言った。どれくらい時間が過ぎただろう。眩しいほど明かりをつけた家の前に車が停まり、イ・ユミは目を覚ました。年配の女性と少年が家の前に立っていて、物珍しそうにこちらを見ていた。そこで再び暮らしが始まった。

●REC

あの家で二十年働きました。人生の三分の一を過ごしたわけです。ハン勧士（勧士は韓国の教会の一般女性信徒の中でもっとも高い職責を指す）は面倒な注文の多い人でした。化学調味料や洗剤を使ってはいけないと言われましたし、外部の人間を家に入れることも許しませんでした。私の家族も中に入ったことないくらいですから、おわかりでしょう。だからって、口があんぐりするほど給料が良いほうでもありませんでした。それでも働き続けたのはジンのためでした。ハン勧士の娘さんのことです。

ジンが三歳の時からご飯を食べさせ、抱っこして寝かしつけてきました。ハン勧士は家を空けがちでした。仕事欲が強くていつも多忙、子どもが寝るまでに帰ってきた日は数えるほどでしたから。平日はあの家で暮らして週末になると自宅に帰っていたのですが、いつもジンが前をふさぐのです。あの大きな家に子どもをひとりで残すのが、いつも心に引っかかっていました。

ハン勧士は虚栄心の塊ですよ。まあ、そうなるのもわかる気がしますけど。裕福な家の生まれで学歴もあり、学校の先生だと周囲からも尊敬されていましたから。一つ汚点があるとすれば若い頃の離婚になるわけですが、ジンを完璧《かんぺき》に育てることで過去を挽回《ばんかい》しようとしていました。小さい頃から何人もの家庭教師をつけ、楽器やら絵やら学ばせるのに大金をつぎ込んでいました。娘が自分の基準を少しでも下回るのが許せなかったのでしょうね。最初はジンも母親の意向に合わせていました。仲がこじれたのは十代になってからです。ハン勧士の要求に従うのを拒否するようになりました。それをまたハン勧士が力でねじ伏せようとするものですから、当時は本当に薄氷を踏むような日々でした。ものすごく険悪な雰囲気で言い争っていましたから。そのうちにジンが家を出てしまいました。ハン勧士は教会にすがり、牧師が毎週ジンの名前を呼びながら祈りを捧《ささ》げるようになりました。それが効いたのか、一年後にジンは帰ってきました。臨月の体でね。そして戻ってきた数日後に出産しました。

最初のうち、ハン勧士は子どもと目を合わせようともしませんでした。何度か養子に出すと言っては大ゲンカになっていましたね。ジンがあまりに頑固だったので諦めるしかありませんでしたけど。それでも子どもができて、あそこも少しは人間の暮らす家らしくなりましたよ。あの子は同年代の子よりも体が小さく、はにかみ屋さんでした。いつもママの後ろに隠れていて、話しかけるとリスみたいに逃げていくのです。ハン勧士は最高級の服、食事、教育を孫に与えました。あれだけの甲斐性《かいしょう》があったから可能だったのだと思います。まあ、ジンはパートの稼ぎが全てでしたから。写真を撮っていると言っていましたが、山に霧がかかった風景みたいなのばっかりで、私には何がなんだかわかりませんでした。いかにも恵まれた人生を送るお嬢さんって感じで現実離れしていますよね。心が弱くて優柔不断。だから、あんなホームレスみたいな男まで連れ込んだのでしょう。小説家だって言っていましたけど、ねえ、あれはホームレス以外の何者でもないでしょう?

私の親戚にも、小説だか喜劇だかを書いていた叔父がいました。いつもしかめっ面でぶつぶつひとり言を言って、何かにつけて周囲にケンカを売るもんだから嫌われていました。叔父はぎりぎりの生活をしながら最後までひとりで暮らし、五十歳になる前に他界しました。それなのにお葬式に大勢の人が詰めかけたものだから、家族全員が仰天しましてね。あとで知ったのですが、その界隈では本当に高い評価を受けている作家のひとりだったそうです。あの男がどんな作品を書いたのかは知りませんけど、少なくとも叔父のように偏屈な人には見えませんでした。はじめて会った時、正直に言うとあんまり綺麗なのでびっくりしました。面長の顔に真っ白な肌、美少年さながらでしたね。

ハン勧士は、あの男の前では一切の感情を見せませんでした。教会の一員としてボランティアに参加してこうなったわけですから、何も言えなかったのでしょう。人の目もありますし。あの男は教会にも一緒に行っていました。信者たちとも気安く打ち解けていました。両親がロシアで宣教師をしていたと言っていましたが、海外で生まれ育ったせいか、どこかエキゾチックな人でした。すらっとした体型にファッションセンスも抜群で、どこにいても人目を引いていました。

私はそれほど信仰心が篤《あつ》いほうではありません。礼拝も習慣として参加しているだけです。あれはいつだったか、お祈りの時間でした。何をそんなに長ったらしく祈ることがあるんだかと、退屈になってこっそり頭を上げたことがありました。そうしたら私と同じ表情で目を開けている、あの男が見えたのです。急いで目をつぶったのですが、好奇心を抑えきれずに目を開けてみました。あの男は一点を凝視し続けていました。考えに耽《ふけ》っているような顔つきでした。それからもお祈りの時間なのに目を開けている姿を何度か見ました。変だなと思ったのです。ハン勧士によると、四十日間も断食しながら祈禱院にこもるほど信仰心の篤い青年だそうなのに、どうしてお祈りの時間に魂の抜けたような表情であんなことをしているのかって。誰にも言いませんでしたけどね。

あの男は教会で人気がありました。子どもからお年寄りまで、いつも周りにたくさんの人がいました。作家だからか話が面白くて上手でした。特にロシアの話は興味深かったですね。子どもの頃に白夜の白樺《しらかば》の森で迷子になった話、バイカル湖に出没する怪物を目撃した話は、今でもよく覚えています。本当にリアルに、今この場所で起こっているみたいに話す才能がありました。ハン勧士のお孫さんが特に楽しんでいました。手を叩いて喜ぶ姿を見ていたら、以前のはにかみは寂しさのせいだったのだと気づきました。

一週間だけと言っていたのに、あの男はあれやこれやと言い訳しながら春になっても居座っていました。ジンとの仲が尋常じゃないことは、ハン勧士も確実に感じていたはずです。結局すぐに結婚話が持ち上がり、ハン勧士が反対すると二人して家を出てしまったのです。はじめてハン勧士を気の毒だと思いました。何不自由ない暮らしをしているのに、子どもひとりどうすることもできないなんて、結局は我々と大差ないのかという気がしましてね。だから私なりに後押しするつもりで、お祈りの時間に目撃した話をしたのです。どこか疑わしいところのある人間だから絶対に許したら駄目だって。ハン勧士はあっちに行ってくれと手を振りました。そうでなくても頭がわんわんするんだから、出ていってくれって。

結局ハン勧士が降参しました。一ヵ月もしないうちに、あの男とジンは笑顔で戻ってきました。それからどうなったかですって？　私があの家から追い出されることになりました。新婚夫婦の部屋の準備と並行してインテリア工事もすることになった、そうするとハウスキーパー用の部屋が用意できなくなるっていう名目でした。自分が大きな過ちを犯したことに気づきました。ハウスキーパーは家の中を漂う空気のような存在であるべきです。形も声も存在してはいけない。自分の考えを吐き出した瞬間に用済みとなったわけです。

いずれにしても退職金はかなり奮発してもらいました。ジンが力添えしてくれたようでした。最後の日、ジンは車で家まで送ってくれました。こんな結果になって本当に申し訳ないと泣き出しそうでした。私はそれには答えず、結婚おめでとうとだけ言いました。ジンはものすごく幸せそうでした。愛し、愛されている時にしか見えない輝きが顔に現れていましたから。そんな表情を意図的に作るなんて無理でしょう。私も女ですから、誰よりもよくわかっているつもりです。

＊

このあたりで呼び方を変える必要性を感じる。イ・ユミをイ・ユサン、〈彼女〉を〈彼〉としたほうが、ずっと自然に感じられる局面を迎えたのだ。ハン勧士の家では、イ・ユサンという名前の代わりに〈M〉というニックネームで通した。ジンがつけたあだ名で〈ミステリアスマン〉の略字だった。自分のことをあまり話さないのを揶揄《やゆ》してつけたのだろうが、これほど正体を絶妙に表している名前もなかった。彼も誰かに名前を訊かれるたびに〈M〉ですと答えた。本人もイ・ユサンという慣れない名前よりは、その軽くて冗談みたいなニックネームのほうが、まだ耐えられたのだろう。

　日記によると、彼はその家に長く留まるつもりはなかった。部屋を探そうと公園に放置していた車を売り払い、何度かソウル市内を見て回ってもいた。それなりの部屋は目が飛び出るような値段だったり、ちょうどいい値段の部屋はぼろかったりした。夕方になってハン勧士の家に戻ると、まるで天国のように思えた。

　そこは必要以上に広く、家具も置いていない空き部屋がたくさんあった。母娘《おやこ》が仕事に出かけると、ハウスキーパーと子どもしかいない。二階に上がろうとする者はいなかった。Mは手当たり次第にドアを開けて部屋に入り、室内の調度品を主人の許可も得ていないのに観察した。ジンが撮ったモノトーンの風景写真があちこちに飾られていた。

　Mはやっとの思いで切り出した。ロシアに戻る時期が不透明なので家を借りるのが難しい。もう少しだけここにいさせてほしい。もちろん家賃は払うからと。お金は結構ですと手を振るジンに、彼はどうしてもと家賃の入った封筒を差し出した。仕方なく受け取ったジンは、そういえば気になっていたのだというように、生活費はどうやって捻出《ねんしゅつ》しているのか尋ねた。小説家と言っても特別な収入があるわけではないだろうと。Mは、祖父母がそれなりの金額を遺してくれた、今はロシアにいる叔父が管理してくれていると答えた。叔父はロシアの中小企業の債権を管理する金融ビジネスをしているが、年利が非常に良いのでかなり助かっているのだと。

〈ロシアにいる叔父〉は、その日ハン勧士の家の応接室で急きょ生まれた。今までと同じで用意周到についた嘘ではなかった。水面下にあった存在が浮かび上がってきたように、彼の頭の中に浮かび上がってきたのだ。ジンはようやく納得したという表情でうなずいた。

Mを間借り人として受け入れたという事実を、ジンは通知するような口調で母親に告げた。ハン勧士は激怒したが、だからといってMを追い出すこともできなかった。宣教師の家に生まれた貧しい小説家を家に置いてやっているという事実は、すでに教会でも知れ渡っていた。ハン勧士は家でMに出くわすたびに、気に食わないという素振りをあらわにするようになった。

春が色濃くなってくると、Mは服を買うために中心街へと出かけた。デパートを回ってマネキンが着ている男性服を観察し、オックスフォードシャツとコットンのズボン、スニーカー二足を買った。色あせたジーパンと毛玉だらけのセーター一着で過ごしていた彼にとって、このショッピングは特別な意味を持っていた。つまり、男のふりは場当たり的で臨機応変な行動を超える、より長期的な生存の手口になったのだ。一階で黒縁の眼鏡をかけてみると、店員がお似合いだと言ったので衝動買いした。鏡の中の男は生まれつきの弱点を隠そうとするように、口元の筋肉をぴくぴくと震わせた。

大きな黒縁眼鏡で素顔を隠し、肩パッドを入れた服を着た。猫背で歩き、わざと喉をつぶしてしわがれ声で話した。これほど簡単に女の外見を捨てられるなんて、自分でも驚いていた。これまでの人生で手に入れた穏やかな優しさ、舌足らずな話し方、口を尖らせて拗《す》ねたふりをするテクニックまでも一つ残らず消してしまった。ストッキングやハイヒール、ハンドバッグの類いにも、これっぽっちの未練もなかった。ただ一つ、美しい洋服への渇望が耐えられない勢いで湧き上がってくることはあった。誰もいない隙を見計らってジンのタンスを開け、滑《すべ》るように軽やかな生地に触れてみるのが唯一の、そして秘密の趣味となった。服に顔を埋めるとレモンの香りがした。彼女はレモンの皮で手を洗っているに違いないと日記に書いた。

その年の夏はハン勧士一家と済州島《チェジュド》を旅行した。ジンの息子のためだった。がらんとした家でいつもひとり遊んでいた幼い少年は、自分に関心を寄せて愛情深く接してくれる大人の男に惚《ほ》れ込《こ》んでいた。四六時中あとを追い、質問攻めにしてつきまとった。挙句の果てに、Mと一緒でなければバカンスには行かないと駄々をこねたのだった。

彼らは夏になると、済州島にあるコンドミニアムで休暇を楽しんだ。リゾート地でのスケジュールや、訪れる食堂も毎年同じだった。同じレコードをくり返し聴くような、目新しいもののない日々だった。だが、その年は全てが新鮮だった。Mはずっと子どもと手をつないでいた。子どもをひょいと持ち上げたり、くすぐったり、海に投げたりして笑わせた。こんなに笑う子だったとは。ハン勧士とジンは、それぞれの思いを巡らせながら見つめた。

掃除の行き届いたコンドミニアムで荷を解いた。床には黄褐色のカーペットが敷かれ、キッチンには丸太のテーブルと白い陶磁器のコップ類がある家だった。前の窓を開けると、そのまま海岸まで走っていけた。子どもは砂まみれの素足で家の中を歩き回った。彼らは決められたスケジュールどおりに海辺で日焼けを楽しみ、美術館に立ち寄り、ゴルフのハーフラウンドを回った。最終日、ハン勧士はロシアにいる叔父について尋ねた。彼女のほうから質問するなんてはじめてのことだった。Mはよどみなく答えたが、特にハン勧士の興味を引いたようには見えなかった。

夕食が終わるとハン勧士は頭痛を口実に部屋へ戻った。子どももあくびをしながら祖母についていった。しんとしたリビングにMとジンの二人が残された。散歩に行きますかとジンが言った。Mは黙って従った。

コンドミニアムの前から延びる海辺の散歩道をゆっくり歩いた。かすかに灯りが漏れるカフェから音楽が聞こえる。軽快なジャズピアノ曲だった。夏の夜の甘ったるい風がジンのシフォンスカートを浮き上がらせた。Mはその感触を覚えていた。脚に絡みつく軽やかなスカートの感覚。ジンは自分からは口を開かなかった。Mが話し出すのを待ちながら、彼の歩幅に合わせて歩いていた。沈黙と順従。不意にジンは自分のことを愛しているのだと気づいた。

彼は歩みを速めると、思いつくままにしゃべりまくった。バカンスシーズンの天気、済州島での生活、夕方に食べた刺身について。そして沈黙が流れた。ジンは彼の書いた小説『難破船』について触れた。とても感動したと。

「本物の難破船を見たことありますか？」

ジンが小声で尋ねた。

「いいえ。ですが……海底に下りた経験はあります」

Mは下を向いたまま話を続けた。

「そこはあらゆるものが希薄なのです。空気も、光も、音も、全てが形を持てないまま白く濁った塊として留まり、そのうちに消滅してしまいます。その中で自分という存在も粘性というか、強度というか、そういうのが弱まってばらばらになり、周囲に吸収されてしまうのです」

「怖そうですね」

「いえ、必ずしもそうとは限りません。感情もぼんやりしてきますから。ただ退屈なだけです」

「退屈？」

「ひとりですから。絶望的なまでに、悲惨なまでにひとりですから」

　ジンはゆっくりうなずいた。

「……どういう意味かわかる気がします」

　カフェから流れてくる音楽が聞こえなくなった。街灯の光もここまでは届かないので周囲は薄暗かった。海岸に打ち寄せる波の音だけが響いていた。ジンのか細く冷たい手がMの手に触れた。Mは立ち止まった。行き止まりだった。自分がどうするべきか理解していた。コンドミニアムに戻って荷造りし、二度と彼らのもとに戻ってはいけない。強張った体でふり返るとジンが一歩近づいてきた。そしてMの瞳の奥をじっとのぞき込み、次の瞬間に唇を重ねてきた。ジンの甘く熱い息遣いが唇をこじ開けて流れ込んでくる。Mはその柔らかく滑《なめ》らかな感触に体のバランスを崩し、ジンに引き寄せられた。レモンの香りがした。しばらくジンの頭を撫でてから、やっとの思いで体を引きはがした。二人は一言もしゃべらずにコンドミニアムに戻った。

　済州島から戻ったら、すぐにあの家を出るつもりだった。日記にはそう記されている。

だが彼は出ていけなかった。その間にどんな心境の変化があったのか。Mはジンの恋人になった。本格的に騙し始めたという意味だ。そのあたりの詳細をジンに聞きたかったが、どうしても連絡できなかった。どのように欺かれたのか詳しく説明してほしいなんて、本人に頼めるはずもなかった。

十分とは言えないが、代わりにハン勧士の家で働いていたハウスキーパーに会って話を聞き、家に戻ると母が待っていた。

「どうしたの？」

母は化粧っ気のない顔で黙ってこちらを見つめた。

「会いたかったから」

久しぶりにきちんと整頓された家を改めて見回した。母が娘の面倒をみてくれている間に温かい汁物とご飯を食べ、ゆっくりとお風呂に入った。湯船に浸《つ》かっていると全身が溶けてしまいそうだった。

しばらくして浴槽から出ると全身がしわくちゃになっていた。鏡に映った裸体を見つめた。下腹部に刻まれたミミズの形の傷跡、体から子どもを取り出したその跡は、まるで生きているみたいに鏡の中で体をくねらせている。視線を逸らして急いで体を拭き、ぶかぶかのTシャツを着た。

その間に娘を寝かしつけて部屋から出てきた母は、私を見ると冷蔵庫からビールを出してきた。お盆にはビール、乾きもの、そして離婚届が載っていた。父と母の印鑑があるべき場所に押されているのが見えた。

「結局はお父さんが降伏したんだね」

「マンションを諦めたら、すぐに合意してくれた」

「書類ができたら裁判所に提出するのが普通でしょ、どうして私に見せるの？」

グラスにビールを注ぎながら何気なく尋ねた。

「どうしてって、あんたが唯一の証人だから」

母は苦笑いしながら言った。

「これですっきりした？」

「ううん」

母はグラスを空けてから答えた。

「貧乏人になった気分」

母と酒を飲むのははじめてだった。冷たいビールを一本ずつ飲み、リビングにゆったり敷いた布団に横たわった。途中でトイレに行くと言って起き上がり、こっそり父に電話した。心配になったのだ。父は看病してくれる人を新たに雇用し、ちょうど一緒に映画を観ているところだった。数日前に新製品のホームシアターを買ったが、素晴らしい性能で映画館にいるみたいだ、今度子どもを連れて遊びにおいでと、多少浮かれた口調で言った。なんとも言いがたい心境で電話を切った。

リビングに戻ると、母は真っ白な布団の上で眠っていた。夫に家、財産、最新のホームシアターを失い、今まさに何もない初老の女となって我が家のリビングで寝ている。正直に言うと、母からこんなインスピレーションを受けるとは思ってもみなかった。私にとって知のメンター、師匠はいつだって父だった。彼は生涯にわたって人間を疑い、現実を否定する旧約聖書の世界観に従ってきた。そのくせ、一度も自分の暮らしを危機に追いやったり、戒《いまし》めについて言及したりはしなかった。真の懐疑主義者は母だった。誰にも期待してこなかった結果だった。

　翌朝に目を覚ますと母は帰った後だった。早朝の水泳レッスンがあるから先に行きますというメモだけが残されていた。娘とトーストを焼いて朝食にした。パソコンを点《つ》けると夫からメールが来ていた。レンタカーでロンドン近郊の海沿いを一人旅してきたそうだ。サンチェストビーチ。私たちが結婚式を挙げた海辺の村だった。静かにその名前をつぶやいてみた。風が吹くたびにガラス窓ががたつく昔ながらのカフェ、コーヒーとシナモンパンの香り、灰色の霧が立ち込める砂浜を素足で歩き回った感触が鮮明によみがえってきた。カフェに隣接する安宿で新婚のいちばん幸せな時期を過ごした。夫は海がひと目で見渡せる場所に、私のためにハンモックを吊《つ》るしてくれた。

　あの時のハンモックが、今もまだ同じ場所に残っている。寝そべってゆらゆら揺られながらあれこれ考えていたが、無心になろうと波の音だけを聞いているうちに眠ってしまった。そうやって数日を過ごし、海岸沿いに車を走らせてロンドンに戻ったところだそうだ。彼はメールの最後に、新学期が始まる頃に帰るつもりだと書いていた。〈君が、まだ僕を待っているのなら〉。やや低めの重々しい声が耳元で聞こえるような気がした。彼はこうして私たちのもとに帰ってきた。

八．海底の温度

毎朝、Mは誰よりも早起きしてバスルームにこもった。シャワータイムが異様に長いことはジンも理解していた。事あるごとに鍵までかけて閉じこもるので、冗談で二階のバスルームを執筆室と呼んでいるほどだった。Mはさまざまな面で普通の男性とは違っていた。清潔に執着し、長袖の服にこだわり、決して裸を見せなかった。風変わりでセンシティブな気質を、ジンは芸術家特有の潔癖みたいなものだろうと受け入れていた。

ジンに対してはつねに親切だったが、セクシャルな言動や冗談はなかった。紳士のように礼儀正しく気分はどうかと尋ね、十五センチほどの距離を保ってエスコートした。一種のプラトニックな関係だったわけだ。だが済州島から戻ると、全てが一変した。ジンは何かにつけてもたれかかり、手を握り、髪を撫でてくるようになった。一瞬たりとも離れたくないというように、一緒にいる時は小さな手のひらを彼の体のどこかに置いていた。そしてたまに隣で眠った。なんの憂いもなく、ヒューズが飛んだみたいに寝入る顔。ジンの無邪気さと無防備さにはいつも驚かされる。疑うことを知らない女だった。Mがセックスに対する拒否感をまくし立てた時も、彼の理解しがたい奇癖の数々に対しても淡々としていた。一切の基準、分析、判断がなかった。ハン勧士という大きな木陰《こかげ》で野次馬のように暮らしを眺め、深刻に受け止めることも滅多になかった。だから一緒にいても嘘をつく必要がなかった。Mは徐々に彼女を好きになっていった。寝る時もジンの手をぎゅっと握っていると緊張がほぐれたし、悪夢を見なかった。明け方に闇の中で目を覚ますと、めくれ上がった寝巻の下でジンの細い脚が絡みついている。クリームみたいに真っ白で、蜜蠟《みつろう》のように滑らかな脚。

Mは十二インチのノートパソコンを購入して日記を書き始めた。公園の路上生活で極度の飢えに喘いでいた時期に中断してしまったので、その続きを再開したのだ。執筆している姿を家族に見せなくてはというプレッシャーもあったのだろう。部屋に閉じこもって何時間も推敲《すいこう》したおかげか、この頃からの文章には少し変化が感じられる。一字一句を手で握って吟味し、その重さと質感を感じてから一行の文章をしたためている。時間は掃いて捨てるほどあった。

小説家を騙るのは、今までに経験したどの経歴詐称よりも簡単だった。複雑な偽造書類が必要なことも、特別なスキルを求められることもなかった。Mは『難破船』に自身の名を入れて刷り直した。その本で韓国文人協会にも加入した。文人協会は色々と役に立った。作家たちの直筆サイン本を、家族に見えるように家のあちこちに置いた。協会主催の大小さまざまなイベントがあるたびに、ジンと息子を連れていったりもした。誰も彼のことを疑わなかった。

毎朝、近くの図書館に通うようになった。閲覧室で本を見て回り、自動販売機で紙コップのコーヒーを買って、できるだけゆっくり飲んでから、文人協会の事務局に立ち寄って雑用を手伝った。やることがない日には美術館や映画館、花が満開の公園を巡った。川辺に沿ってあてもなく歩く日もあった。必ずケーキやお菓子を買って帰宅した。ハン勧士の孫は、彼の熱狂的なファンだった。毎晩二人で手品の本をのぞき込んで新しいマジックを覚えた。お互いを魔術師の弟子と呼び合い、死ぬほど愛し合う恋人のようにいつも一緒にいた。

教会のファミリー運動会では二人三脚に出場した。二人して何度も転び、しまいには彼がハン勧士の孫をおんぶして走る羽目になった。上位には入れなかったが、観覧席からはその日いちばんの大喝采《だいかっさい》を浴びた。息子が彼の背中で満面の笑みを浮かべる写真を、ジンは大きく引き伸ばして壁に飾った。

Mは子どもたちと仲良しだった。嘘のばれる心配がないから、唯一心が開ける相手だったのだ。場当たり的で誇張《こちょう》だらけの性格は子どもたちと馬が合った。ジンの息子とは友達のように接していた。これまで友達がひとりもいなかった幼い少年は、Mのためならなんだってやる勢いだった。ひとり占めしてきた若い母親すらも譲歩するといった具合に。

その年の秋、Mはジンにプロポーズした。

遺産を狙ってジンを利用するつもりだったのか、その答えを日記から見つけることはできない。ジンの遺産については一度も言及していなかった。誰かに見られることを恐れていたのか、もしかすると本当に邪心はなかったのか、真実を知るのは彼だけなのだろう。

ハン勧士は思っていたよりも冷静に応酬した。何がどんな順序で起こるか直感していたのかもしれない。Mとジンを並んで座らせると、結婚は許さないと簡潔に告げた。

「あなた、お金はあるの？　この子をどうやって養っていくつもり？」

ハン勧士はジンをちらっと見て言った。

「どうせ遺産の話を聞いたんでしょう。あんなの大した額でもないのに。それにね、私の許可がないと支払われないと明記もされている。警告しておくけど、塵《ちり》一つだって私から巻き上げることはできないから、そのつもりでいなさい」

「お母さんになんの権利があって、そんなこと言うの？」

ジンは立ち上がると大声で言った。

「お父さんが、私に遺してくれたお金なのに！」

「子どもに無関心で散々好き勝手したくせに、あんなはした金でも遺せば父親だってこと？　そう、わかった」

ハン勧士は鼻で笑うと立ち上がった。

「いい加減に目を覚ましなさい、絶対に許さないから。こっちが力ずくで追い出す前に、今すぐそいつを出ていかせなさい」

Mはその日のうちに荷造りして家を出た。子どもを連れて部屋に戻ったジンは一言も口を利かなかった。そして翌日の早朝に姿を消した。

●REC

俺とはそれほど親しい間柄ではありませんでしたよ。あの人が文人協会に入ったのをきっかけに知り合いました。当時はソウル支会の総務を担当していましてね。五月のいつだったか、ひとりで留守番していると、あの人が入会したいとやってきたのです。ほっそりした体型で黒縁の眼鏡をかけていて、少し不安そうでした。会員証を発行しようとしたら、ちょうどラミネートフィルムが切れていて。彼は、自分が文房具屋で買ってくるからと出ていきました。しばらくしてラミネートフィルムを一束と、コーヒーにパンまで抱えて戻ってきました。向き合って座り、二人でコーヒーを飲みながらパンを食べました。廃刊になった地方の文芸誌でデビューし、数年前に小説を一冊出したことがあると言っていましたね。もっともらしい仕事を必要としている物静かな頑固者、それがあの人の第一印象でした。協会の周りをうろつく連中に本物なんていないことは、俺が誰よりもよく知っています。なんてったって、自分がその張本人ですから。

大学を卒業する年に新春文芸（各新聞社が毎年新作を募集し、元旦に小説、詩歌、児童文学、戯曲部門の大賞が発表される。新人作家の登竜門と言われている）に入選して小説家になりました。その年の入選者の中では最年少、ある評論家の胸をかきむしって泣いたという審査評が話題になりました。原稿の依頼が殺到したので就活はやめました。当時は満足していましたよ。大学の同期は朝から晩まで上司の報告書のコピー取りにホッチキス留めですが、俺は人間の存在を形容できる単語探しに没頭していましたし、未来の保証もないのに固く信じてくれる女もいましたから。だから心ゆくまで書いて、時期が来たらクールにこの業界から去ろうと思っていました。キャリアを重ねるにつれて、くだらない本しか書かなくなる先輩たちには嫌悪感しかありませんでしたから。ふんばればどうにかなるって問題じゃないだろう、あてつけがましく彼らの背中に向かってつぶやいたこともありました。自分は永遠に若いままだと思っていたわけです。そうやって二十代は過ぎていきました。

危機はしょっちゅうありました。結婚の承諾をもらいに女の家に行ったら、父親に灰皿を投げられて額を切った時、数年連続で文学賞の最終選考に落ちた時、子どもが生まれたのにカビだらけの半地下から抜け出せずにいた時、十数年間の印税が千万ウォンにもならないと気づいた時……それでもなんとか乗り越えてこられたのは理解者である妻と、恥じるところはないと信じている著作のおかげです。いつも倒れる寸前のタイミングで両脇から支えてくれました。

文人協会の総務の仕事で、わずかながらも給料がもらえるのはラッキーでした。雑務があまりにも多い場所ではありましたが。くだらない文学イベント――朗読会、作家を招く会、会報の発行みたいな業務のことです。あの人は呼ばれるたびに、いそいそとやってきては手伝ってくれました。感謝の気持ちから何度か食事をご馳走したのですが、小食で酒もほとんど飲みませんでした。あとは自分の話をあまりしないので、万事において用心深い人なんだなと感じました。

彼の『難破船』は冒頭の数ページだけ読みましたが、文章がいいですね。正直に言うと意外でした。ついでだからと会報に載せる小説を依頼したことがあったんです。彼はげっそりするほど何日も苦心していましたが、結局は締切《しめきり》の当日になって書けないと降参しました。それからも似たようなことが何度かあったんですよ。小説を書かなくなって随分になるようでした。だからって金を稼ぐために別の仕事をしているようでもないし、いつも生活には余裕があるように見えましたね。腕時計も高級ブランドだったし、バカンスシーズンにはヨット旅行に行っていました。親の援助があるのか、私の知らないビジネスの手腕があるのか、本人に訊いたことはありませんけど、とにかく金の調達先が別にあるようでした。

作家同士の飲み会の席で小さな諍《いさか》いがありました。ある詩人が会話の中で、どこの誌面でデビューしたのかと質問したところ、あの人は答えながら、廃刊になったその文芸誌をかなりバカにしたそうなんです。ところがね、よりによって詩人も同じ文芸誌の出身で、しかも酒が入ると、ちょっと気に入らないだけでも見境なく手が出る人だったわけです。つかみ合う二人をようやく引きはがし、その場はお開きになりました。あの人は誰にも自分の体を触らせようとせず、長いことトイレにこもってからようやく出てきました。そして腫れ上がった顔で俺を見ると、あそこまで大げさに反応する必要があるかと訊き返してきました。その場では答えませんでしたけど、数日後に例の廃刊になったという雑誌を図書館で探してみました。予想どおり、どの年の入賞者一覧にもあの人の名前はありませんでした。

小説家を騙るのは、別に大したことじゃないのかもしれません。自分の周りにもくだらないものを書く物書きはいますから。彼らは役に立たない文章をこれからも生み出していくのでしょうが、文学史という観点から見れば存在しないも同然なわけです。つまりですね、執筆が遅々として進まない作家でカオスなこの業界に、偽物の一人や二人いたところで問題にはならないってことです。でもね、同じ脈絡で考えると、どうしてそんな嘘をつくのかが理解できないわけですよ。作家って名前が花冠であり名誉だったのは、とうの昔の話です。あの人にとって、どんな使い道があったんでしょうかね。

泥酔した夜のことです。あの人の家に電話をかけました。取ったのは恋人でした。ロートレックが描いた踊り子のように小さく美しい、あの女性のことです。疑惑を教えてやりました。イ・ユサンは本物の小説家ではない、なぜ作家のふりをしてあなたを騙しているのかはわからないが、どうかペテンに振り回されないでほしいと。あの女性は俺の声を聞き分けると、総務、と話を遮《さえぎ》りました。

「かなり酔っているみたいですね。早く帰られたほうが」

俺の話を信じませんでした。恋に夢中な女のなんと愚かなことか。若気の至りで俺のもとに留まった妻を見ても一目瞭然《いちもくりょうぜん》です。考えてみたら、俺だって妻を落とすために嘘八《うそはっ》百を並べたものでした。自分の弱さを隠すために足を踏み鳴らし、声高に自己主張していましたから。アイツはやめとけって世界中が忠告したのに、妻は耳を貸そうともしなかった。騙される者と騙す者が一緒になって快楽の沼にはまるのはよくあることです。ある意味、後者より前者のほうが沼は深いと言えるかもしれませんけど。

電話したのはそれっきりです。他人の秘密を暴いて回るほど暇な星回りでもありませんから。あの人は昨年の秋に結婚するまで協会の仕事をたくさん手伝ってくれました。何があったのか、結婚後はさっぱり顔を出さなくなりましたね。報酬と言えるものも出ないパートみたいな立場でしたし。でも、あの人はこれといった不満もなく、どんな仕事も引き受けてくれました。いつだったか、どうして小説を書くのかって訊いてみたんです。あの人は理解できないって顔で俺を見ると、どうしても答えなきゃ駄目かって訊き返しました。どうも冗談だと思ったようです。どうしてもって答えると、しばらく考え込んでいましたが、小説を書いている時は誰よりも幸せだからって言うんです。もしかすると、俺はあの時に偽物だと見抜いたのかもしれません。

そうですね、その答えが間違いだとは言い切れない。でも俺は小説を書くのが幸せだとは一度も思ったことないですから。幸せなんて言葉は軽すぎるし、明るすぎる。小説家として文章を作りながら二十年生きてきましたが、そういう類いの喜びは経験がありません。幸せどころか不安と疑いにまみれた歳月でした。暮らしはつねに困窮、それなりの成果も出ない、苦労した見返りは半分にも満たない。それなのに、なぜこんなことを続けているのか。それは、俺がこの仕事しかできない人間だからですよ。世界でこの無気力さ、無能さを自覚している人間でなければ、死ぬまで作家の道を歩き続けるなんて無理だというのが俺の持論です。デビューにまつわる話の最中に、いきなり拳を振り上げた詩人の怒りとは、そういうことです。あなたも作家でしょう、どう思われますか。

＊

Mを追って家を出たジンは半月以上も音信不通だった。二人でバスに乗って地方へ向かう間、ジンは何を考えているのかわからない表情で考えに耽り、Mが自分を呼ぶ声に毎回びくりと驚いていた。

P市にある海岸沿いの空き家に落ち着いた。ジンの同僚のミリアムという女性の祖父母が住んでいた家だった。数年前にミリアムの祖母が他界してからは廃屋同然に放置されていた。好きなだけ使っていいとミリアムが言ってくれたのだ。

初日、Mはまず割れた窓ガラスをビニールでふさいだ。日が暮れると冷たい風が吹きつけた。二人は薪の代わりになりそうなものを拾ってきて火を焚《た》いた。空気が温まると、落ち着かなく不安だった気持ちもほぐれてきた。残金がどれくらいか、それでどれくらい過ごせるかをじっくり話し合った。二人ともすっかりかんに近かった。

「愛を信じますか？」

ジンの問いに、Mはゆっくり口を開いた。

「今になって訊くなんて遅すぎませんか？」

焚き火にあたりながらカップラーメンを食べてコーヒーを飲み、周囲が少しずつ暗くなっていくのを眺めた。夜の森からほとばしる香りの濃さで、とても眠れそうになかった。

ジンがミリアムから聞いたという話をした。

「この家、夜になると幽霊が出るそうです。ミリアムの伯母さんの幽霊ですって。伯母さんは、この村の秀才だった青年と恋に落ちて結婚したそうです。青年は式を挙げるとアメリカに留学しました。学校に登録して、仕事を見つけたら伯母さんを呼び寄せるという約束で。でも、なぜかアメリカ行きはずるずる引き延ばされ、連絡もまばらになり、ついには完全に途絶えてしまったのです。しばらくして青年がアメリカ人女性と結婚したという噂が流れました。今すぐこの目で確かめてくるというのを、ミリアムの祖父母、つまり伯母さんの両親はなんとか引き止めました。当時のアメリカは遠すぎたし、連絡先や居場所もわからないわけですから。それに噂が事実だとしたら、確かめたところで無意味じゃないですか。それでも頑として言うことを聞かない伯母さんを、家族は部屋に閉じ込めて見張りました。それから数日後の夜、トン、トン、トンと中からドアをノックする音がしたので開けてみると、伯母さんが首を吊って死んでいたそうです。宙にぶら下がっていた足がドアを叩いたのね」

そこまで話すと、ジンは裏窓を指差した。

「あの部屋から、今もたまに足がドアを叩く音がするそうです」

ジンの視線をたどり、Mもその部屋の窓を見つめた。

夜が深まると家に入った。がたがた震えるほど寒い部屋で体を寄せ合って眠った。もしかして幽霊の足音がするかもしれないと耳を澄ませてみたが、聞こえてくるのは遠くの波の音だけだった。

翌日、二人は村を回ってみることにした。家からさほど遠くない場所に海があった。透明度が高く、海中の波紋や揺らめきまで見えるほどだった。Mがまず海水に手を浸した。骨身に沁みる冷たさだった。波が寄せては引いていくたびに、頭の中のもやもやが晴れていくようだった。すぐにジンも隣にやってきたが、無造作に波打ち際を歩いたせいで服がびしょ濡れになってしまった。ジンは歓声をあげ、二人で笑った。海に映る空の上を白い雲がゆっくり流れていくのが見えた。

雨露をしのげる場所はどうにか確保できたが、問題は二人とも身一つで出てきたことだった。村の外れまでくまなく調べてみたが、働けそうな場所は見当たらなかった。小さな個人商店一つ探すのも苦労するような寂れた場所だった。

早朝の海辺でジンは貝を二袋以上も拾ってくるようになった。それを並んで座ってこすり洗いし、ささやかな金を受け取る。一日一食をなんとか食べられる金額だったが不満はなかった。貝を洗う仕事を終えるとジンは撮影に出かけ、Mは執筆した。一日にあった出来事を記録する日記だった。ジンはそんなこととは露知らず、Mが書いている姿を見かけると、何か壮大な仕事が行われているかのように息を潜めた。

ジンはそこでたくさんの写真を撮った。二人が滞在した廃屋、貝、薄ら寒い気配が渦巻く幽霊の部屋の窓まで、あらゆる記録を残した。何よりも印象的なのがMの写真だった。髪、肩、指、靴なんかをアップで撮影したそれらは、光が透過しているためにひと目では何かわかりにくかった。どれもただの形、形の一部が収められている。カメラのほうを向いているものは一枚もない。写真の中でも秘密を抱えた人間のように見える。でも、そんなことはジンにとって問題ではなかった。いや、これほど明らかだというのに、当時の彼女には見えてていなかったのだ。

その古い家で、ジンはどこまでも平和で幸せな時間を過ごした。ただ、残してきた子どもを思うと全身を棘《とげ》が駆け巡り、突き刺されるような思いだと語った。

「こんなこと言うとおかしいですよね。別に良い母親でもないのに。でも子どもを産むと、誰でもこうなるものです。あの子のいない人生なんて考えられない」

風で家中が揺れていた夜、Mの隣に横たわったジンはそう切り出した。

「妊娠に気づいたのは家出したあとでした。当然ですが母は知りませんでした。当時はまだ十五歳で。中絶しなかったのは恐怖と愚かさのせいでした。手術がすごく痛そうで。だから、実はタイミングを逃しただけなんです。自然にいなくなってくれないかと、毎日祈って、祈って、祈っていました。お腹が大きくなるにつれて恐怖もどんどん増していきました。最後は山みたいに膨れ上がって、母のもとに帰るしかなくなったのです」

ジンは天井を見つめながら低い声で続けた。

「今は後悔しています。出産ではなく母の家に戻ったことを。どうにかして自立するべきだったのに、そのチャンスを永遠に失ったわけです。それからは完全に牛耳《ぎゅうじ》られているし、母自身もそのことをよくわかっているはずです」

その時、隣の部屋からトントンとドアをノックする音が聞こえてきた。びくりとしたジンは、今の聞こえましたかと尋ねた。Mは静かに起き上がると隣の部屋に向かった。戻ってこないMを探すため、しばらくしてジンも恐怖に震えながら後を追った。ドアを開けてみると、がらんとした部屋の真ん中にMが立っている。魂が抜けたような表情をしていた。

「どうしました?」

「この部屋、空気が暖かい」

事実だった。窓を揺らすすき間風も入ってこないし、そのせいか全身が震えるほど寒いほかの部屋と比べると格段に暖かかった。すぐに布団を持ってきた。ジンは幽霊の脚が天井から垂れ下がる悪夢を見そうだと思ったが、さっきの部屋に戻ろうとは言わなかった。お互いの指をしっかりと絡ませて手をつなぎ、そのまま眠ることにした。

「ここは……海の底みたい」

Mは黙ってジンを見つめた。

「でも私たちは二人だから、きっと大丈夫ですよね。寂しくないはず」

ジンが眠りに落ちたのを確かめると、Mは起こさないように気をつけながら指をほどいた。いつも歯で噛みちぎってしまうせいで爪《つめ》はぎりぎりまで短く、その下のピンク色の皮膚が露出していた。Mはその爪の縁に自分の指を這わせた。ジンが子どものようにため息をついた。


家を出て半月ぶりにハン勧士に連絡した。元気かどうか尋ね、子どもをよろしく頼むと言うつもりだった。用件を手短に伝えて電話を切ろうとすると、ハン勧士が急いで引き止めた。どこにいるのか、どうしているのか、本当に帰るつもりはないのかと。ジンはゆったりとした態度を見せた。すでにこちらが優勢なのはバカでもわかる。一週間後にハン勧士が降伏して二人は家に戻った。

教会で行われた結婚式は素朴で美しかった。ジンは真っ白なレースのドレス姿でヤドリギとバラのブーケを持った。長いこと孤独と静寂の中にあった家族に新しいメンバーが増えたことを、参列者は心から祝福した。Mは自身の幸運が信じられない新郎らしく、何度も涙を拭《ぬぐ》っていた。二人はフラワー・ボーイを務めた息子の両手を握って退場した。立ち上がった参列者が白い花びらを撒《ま》いてくれた。

式が終わり、ジンは父の遺産を相続した。全額をMに預けることにした。何もない夫のパワーになってほしいという思いからだった。ハン勧士の冷たい態度は変わらなかった。結婚は許したが、自分の婿としては認めないということらしかった。一緒に食卓を囲んでも一言も話しかけず、透明人間扱いしていた。

二人きりのタイミングを見計らい、ジンは用心深く切り出した。今やっている仕事が片付いたら、一緒にロシアへ行こうという提案だった。シベリア鉄道でバイカル湖の近くにあるというMの故郷に行き、周囲を観光してから、お望みならそのまま新居を構えてもいいと。Mはどういう意味かと訊き返した。ジンは、その広大な見知らぬ地で執筆し、写真を撮り、小さなゲストハウスをしながら暮らすのも悪くなさそうだと答えた。そして昨日今日思いついたわけではない、スタジオで子どもをなだめすかして写真を撮る仕事にも飽き飽きしてきたところだ、もうお金もあることだし、新たな場所に落ち着いて、新たな人生を送れるはずと語った。

「一緒に行きましょう」

ジンは淡々とした声で言った。

「私はどこだって構いません」

Mはきらめくジンの目を見られずに視線を避けた。

ジンの遺産は地下鉄の有料ロッカーに入れてあった。銀行に預けたほうが確実に安全なのにそうしなかったのは、一連の監視網を避けるという計算だったようだ。時期が来たら地下鉄の駅から持ち出して高飛びするつもりだったのだろう。逆にそうしていたら全てが簡単だったはずだ。でも最後の瞬間、彼はなぜかためらった。夕方になると仕事を終えて帰宅する夫や父親たちのように、自分もパンやアイスクリームなんかを買い込んだ。ジンと息子が両腕を広げて駆け寄ってくる姿を見るたびに、迷宮の奥へと日々入り込んでいく気分だと日記にはある。こうして時間を引き延ばしているうちに悪事がバレてしまうだろう。これ以上手遅れになる前に去るべきだ。そのタイミングを計る感覚の鋭さで、これまで生き残ってきたのだから。

ロシア行きの話が出た日、ジンの息子は真夜中に気配を感じて目を覚ました。ベッドから起き上がって窓辺に走り寄り、門を出ていくMの後ろ姿を見守った。こんなに雨が降っているというのに、彼は一体どこへ向かうのか。魔術師Mの無限の能力を知り尽くしているジンの息子は、ベッドに戻ると再び眠りについた。そしてMと一緒にロシアへ旅立ち、深い湖に暮らすドラゴンを打ち破る夢を見た。

翌日、消えたMを探して書斎にやってきたジンは机の上に置かれた原稿を見つけた。椅子に座って読み始めた。最後のページには遺産を保管してあるロッカーの暗証番号が記されていた。二四一五。なんの意味も持たない四桁《けた》の数字が全てだった。

申し訳ないという謝罪の言葉一つなかった。

九．偽りの嘘

初秋に夫が戻ってきた。九ヵ月ぶりに再会した彼はどこか以前と違っていた。スリムになった体は見栄えよく日焼けし、背も少し伸びたように見える。そう伝えると本人は恥ずかしそうに笑っていた。悪くないスタートだった。彼のために久しぶりにキッチンでいくつかの料理をこしらえた。娘はパパの帰宅が信じられないのか、何度も顔をのぞき込んでいた。三人で食卓を囲んだ。彼は熱い汁物を飲みながら、ひっきりなしに汗をかいていた。

食後、夫のトランクから娘と私へのプレゼントがいくつも飛び出してきた。長い航海を終えて戻ってきた船員のようだと思った。見知らぬ場所のように家の中を見て回り、まだ船酔いに苦しんでいるかのように、なかなか座る場所を見つけられずにいる。もじもじしながら並んでベッドに入った。沈黙と闇の中で静かに呼吸しているうちに、それぞれ眠りについた。朝になって目覚めるとベッドには私ひとりだった。キッチンから娘とひそひそ話す夫の声が聞こえてきた。

夫を迎える前の週末はひたすら家の掃除をした。ジンが送ってくれた資料の数々や、インタビューのテープ起こしが至るところに散らかっていた。ずっと巣作りする鳥のようにそれらを抱え込んでいたが、一行も書けないままだった。そんな時にMの葬儀が行われるとジンから伝えられた。

その話をするために、ジンは私の住む町までやってきた。意外にも同伴者がいた。同僚のミリアムだった。ブラウンの瞳に丸眼鏡をかけたミリアムは、可愛らしく安らかな印象の女性だった。ジンの家族を手伝って葬儀の準備をしているそうだ。私たちがカフェで話す間、ミリアムは少し離れた席で本を読んでいた。ジンも私もコーヒーを注文した。

「お葬式ですか？」

「子どものためです。あの子、あの人が戻ってくるという確信を捨てていないのです。見ているのがつらくて」

「遺体もないのにお葬式をするのですか？」

「ただの……儀式です。母もどんな形であれ、整理が必要だと申しています」

ジンは全ての荷を下ろしたように淡々としていた。別れる直前に希望を託すように訊いてきた。

「小説は順調ですか？」

私は平気な顔で嘘をついた。

「ええ、おかげさまで」

一年前にMが失踪したのと同じ日に、ハン勧士の教会で葬儀を執り行うそうだ。前日に案内文付きのショートメッセージが届いたが、行くつもりはなかった。葬儀がいかにも偽物っぽければ笑いを、本物っぽければ恐怖を堪えられないと思ったのだ。彼の死に反発を覚えていた。

夫は次の学期まで休暇扱いになっていたので一切仕事をせずに家で過ごし、娘との時間に充てる日々が続いた。彼も私もベストを尽くした。以前のように対話し、冗談を言い合い、笑いもした。でも、決して最初の頃のようには戻れなかった。平穏な顔と声、おしゃべりの中にも深い沈黙が存在していた。優雅なダンスを踊るようにすれ違っていた。

Mの葬儀の日、夫は娘と出かけた。夕方まで戻らないと言っていた。私はがらんとした家で翻訳の仕事に没頭した。何度か締切を延ばしてもらった原稿も、ついにゴールが見えてきた。科学用語だらけだった中盤を乗り越えると、徐々にスピードが増していったのだ。朝から集中していたが、ふと気がつくと夕方だった。室内は水中のような静けさで、あらゆるものが停止していた。

飢えを感じたので財布だけ持って外に出た。サンドウィッチやキンパを買いに出たのに、急にどこからかフライドチキンの匂いがしてきた。向かい側の小綺麗な居酒屋が目に入った。衝動的に入ってフライドチキンを注文し、先に出てきたビールを一息に飲み干した。その時、十五人ほどの若者が店に押し寄せた。溶岩が流れ込んできたようだった。笑い、騒ぎ、非難し、お互いの名前を呼ぶ声が小さな空間に響いた。二十代になったばかりなのだろう、若く、無知で、力に満ちていた。理解不能の単語がうわんうわんと耳に響いた。その横で化石のように固まってしまった私は、フライドチキンをテイクアウトして外に出た。一瞬で食欲が失せてしまった。夕方の六時だというのに周囲はまだ明るかった。ふと葬儀に行かなくてはと思った。

閑静な住宅街に位置する教会は五階建てで、かなりの規模がある石造りの建物だった。古い木が生い茂る入口の掲示板に葬儀の案内文が貼られていた。花輪が並ぶ道に沿って礼拝堂に入ると、パイプオルガンの音色が流れてきた。ちょうど礼拝が始まったところだった。前に座るハン勧士とジン、孫の後ろ姿が見えた。私は最後列の端の席にそっと腰を下ろした。空っぽの棺《ひつぎ》や骨壺なんかが置かれていたら、さぞ滑稽だろうなと思っていたが、幸いなことにそういうものは見当たらなかった。

牧師は悲しみに沈んだ声で故人の経歴を紹介していった。イ・ユサンはロシアの宣教師のもとに生まれた信仰心の篤い青年でした。未来を嘱望された小説家であり、夫であり、父親でした。彼はこの家族に愛の温もりを吹き込んだのです。不慮の事故で家には帰れなくなりましたが、愛する父のふところへと旅立ったのですから、永遠の安息が与えられることでしょう。

一瞬ふり返ったジンと目が合った。彼女がかすかに会釈するのがわかった。夫を亡くした妻らしく憔悴《しょうすい》した顔だった。真っ白なワイシャツと黒い半ズボン姿の少年が、その隣でハン勧士の手を握っていた。三人それぞれが別々の相手を哀悼しているように見えた。

Mはその教会が誇る聖歌隊のメンバーで、聖歌隊は追悼の意味を込めて彼が好きだったという讃美歌《さんびか》を二曲も歌った。和音がばらばらで聞くに堪えない実力だったが、そんなことは意に介していないようだった。それが終わるとハン勧士が壇上に進み、生前は格別な愛情を注いだ婿への短い哀悼の文章を読んだ。何人かがすすり泣く声が聞こえ、形式的な儀式はそれで終わりだった。ハン勧士は参列者に向かって感謝を伝え、近くの食堂に食事の準備がしてあると言った。ハン勧士の学校の職員や教会の信者、隣人、親戚たちがぱらぱらと移動を始めた。ここには本当の意味でMを知っていた人はひとりもいない。私もその一員としてあとに続いた。急に目の前がぐるぐる回るほどの空腹に襲われた。

ホールが広い韓定食の店は、すぐにいっぱいになった。ミリアムがせわしなく行ったり来たりしながら、人々の席を確保していた。同行者のいない私は、女性が集まって座るテーブルの隅を選んだ。全員がご近所同士で同じ教会に通い、同じスーパーで買い物し、同じフィットネスクラブで運動をしている一団だった。女性たちはMの失踪についての憶測を語り、どう見ても女性関係のトラブルではないかと声を潜めた。その中のひとりが、友人の夫は遺書まで書いて行方をくらましたが、十年後に南海の島で別の女と所帯を持っていたことが発覚したという実話を、いかにも興味をそそる口調で話し始めた。元妻と再会したその男が、死んだはずの妹と巡り合ったかのごとく涙する場面になると、私は静かに席を立った。彼女たちはようやく私の存在に気づいてふり返ったが、すぐに興味が失せたらしく解毒ダイエットの話題に移った。

出入口に故人の家族が並んで立っていた。ジンがハン勧士に私のことを紹介した。会釈した。二人とも目鼻立ちがよく似ていたが、ハン勧士のほうが顔立ちが濃い印象だった。ジンは母親の前だと萎縮しているように見えた。恐れているのだと思った。

「先生のお話はよく伺っています」

ハン勧士のほうから手を差し出してきた。異常なほど痩せ細った手だった。しばらく握ってから離した。ジンは私を見送ると言ってついてきた。店のドアを開けて外に出ると、息苦しかったのがすっきりした。一ブロックほど二人で歩いた。

「来てくださりありがとうございます」

彼女は静かな声で言った。

「あの人も、先生が来たことを知ったら喜ぶと思います」

私は黙ってうなずいた。遠くでかすかに草虫の鳴く声が聞こえた。

「女だってこと、知っていましたよね？」

私の問いにジンは立ち止まった。

「あなたは、あの人が女だって最初から知っていた。だから一緒に家を出ようと誘ったのでしょう。違いますか?」

ジンは闇の中で何を考えているのかわからない表情を浮かべた。

「……それって重要ですか?」

ジンが静かな声で訊き返した。一瞬、目が合った。彼女はうつむき、風になびく髪を撫でつけながら遠い目をした。

「どちらでも関係ないのです、私には」

店から出てきたハン勧士が彼女を呼んだ。先に別れの挨拶をしたのはジンだった。

「あの人の原稿は必ず返してくださいね」

そう念を押すように言うと、背中を向けて走り去った。私は近所の見知らぬ住宅街をあてもなく歩き始めた。例年どおり、秋の空気は気持ちよく澄み渡り、風はさわやかだった。葉が黄色く色づき始めた木々、黄色い明かりの灯《とも》った家、テレビの前に陣取る老人、細く開けられた窓から流れてくるニュース、若い夫婦が言い争う声、暗い部屋でピアノを弾く少女……前へ前へと歩いていくと、それらの風景が背後にどんどん追いやられていった。私は木と塀、道に沿ってひたすら進んだ。

家に着くと深夜零時を回っていた。室内は暗くしんとしていた。明るさを落とした照明がリビングに一つ点いているだけだった。靴を脱いで玄関に立つと、ソファに座っていた夫がふり返ってこちらを見た。彼はタブレットで本を読んでいた。

「遅かったね」

「ちょっと用事があって」

「そうか、疲れただろうから早く休んで」

そう簡単に言うと、立ち上がって書斎に向かった。

「どうしてこの家に帰ってきたの？」

私は低い声で訊いた。彼の足がぴたりと止まった。

「まだ私のこと憎んでいるじゃない。正直に言ってよ。私を見ると何を思うのか、何を後悔しているのか、何を祈っているのか」

私はなじるように詰問した。頭が回らなかった。一日何も食べていない状態で夜道をさまよった。極度の飢えに疲労が重なり、逆に体が気だるく浮き上がりそうな感覚だった。

夫が理解できないという表情で見つめた。

「僕が、君のことを憎んでいると思っていたのか？」

夫はしばらく黙ってから、ようやく口を開いた。

「とんでもないよ、僕が憎んでいるのは僕自身だ」

夫はゆっくりソファに座ると、長い脚をぐっと伸ばした。

「まるであの日みたいだな。夜中に帰ってきたと思ったら、いきなり君がゆるしの秘跡を始めた日だよ。僕のことを不憫な子どもでも見るような目で凝視していたけど、実はまだ言っていない事実があるんだ」

夫は物静かな声で言った。

「君に言われる前から不倫のことは知っていた」

そして落ち着いた眼差しを私に向けた。

「匂いって言えばいいのかな。隠そうとしても隠せないものなんだな。最初は信じなかった。どこか開けっ放しの窓から入ってきた匂いだろうってね。君が僕に対して、僕たちがお互いに対して、そんなことできるはずがないと思っていた。オフィステルの管理人が電話してこなかったら、最後までそう信じ続けていただろう。管理人はね、嘲笑する素振りなんて一切見せずに、あの部屋を出入りする男について話してくれたよ。オフィステルっていう場所では、そういうことは頻繁に起こるとも言っていた。その時になって、ようやく色々な事実が見えてきたわけさ。君の浅ましい嘘、存在しない約束、状況と一致しない陳腐《ちんぷ》な弁明の数々。家の中でもつま先立ちで歩いていたよな。僕はね、何も気づいていないふりをして騙していたんだ。弁護士にそうしなくてはいけないと教わったから。君から全てを奪えるよう、証拠を先取りして確実に葬り去るべきだと」

　夫の顔にはなんの感情も浮かんでいなかった。いや、むしろ以前からの緊張感が全て取り除かれたように見えた。無謀なほどに警戒を解いていた。

「録音、写真、ＳＤカード、それらを燃料にして君を燃やす想像を何度もしたよ。驚いたのはね、自分が何も感じなかったってことだ。君と僕、僕たちの仲がどれほど壊れてしまっていたのか実感した。まあ、そんなことはどうでもよかった。僕は墓守のように家を守った。それなのにある日、僕の前に座り込んだかと思うと、君は洗いざらい打ち明けてしまった。これまでかき集めてきた証拠なんて顔負けの生き証人が現れたってわけだ。今さらだけど羞恥心《しゅうちしん》に襲われた。そして次の瞬間に気づいたよ。自分の足元はすでに崩壊していたのだと」

夫は床に視線を落とした。

「あの一件は、僕の中にあった男としてのプライド、信頼、その根幹を完膚《かんぷ》なきまでに叩きのめした。もう自分が誰なのか、何がしたいのか、どこに行くべきかもわからなくて、ぶるぶる震えるようなありさまだった。かつて君が知っていた人間、男はもういない。これは皮で、痕跡で、風に舞い散る灰でしかない。だから今度は君が言ってごらん」

彼は穏やかな声で私に尋ねた。

「僕という幽霊を見ると何を思うのか、何を後悔しているのか、何を祈っているのか」

●REC

二度と会うことはないと思っていたのに、またこうしてお目にかかりましたね。最後はお葬式の時でしたから二ヵ月ぶりでしょうか？　小説を書いているそうですが、完成したという連絡はいただいていませんよね。娘は心待ちにしているようでしたが。どうしてあのおぞましい一件を何度も蒸《む》し返《かえ》そうとするのか、私には理解できませんけれど。できるだけ過去はふり返らないようにしているのです。楽しかった記憶も特にないし、憂鬱になるのはまっぴらですから。でも、最近はしょっちゅう昔のことを思い出すようになりました。忘れていた一場面が不意に顔を出したりして。歳を取った証拠でしょうね。月日の流れをゆっくりと自覚できればいいけれど、時間って必ずまとまって消えてしまうでしょう。だからがらんとした廃墟の状態でしか発見されないわけです。

私は結婚して一年もしないうちに離婚しました。夫は結婚前から女性関係が複雑な人でした。周囲は口をそろえて反対したけど、当時はあの人にすっかりのぼせ上がっていて、まともに判断できる状態ではありませんでした。大学も卒業していなかったのですが、自分の人生、自分の未来みたいなものは眼中にありませんでした。すぐに子どもができましたが、あの人が一緒にいたのは数日もないくらいでした。結婚生活はひたすら浮気相手を追いかける日々でした。

離婚すると報告したら、父に頬をはたかれました。離婚は珍しい時代でしたから。母が援助してくれたので、娘と小さな部屋を借りてソウルに上京しましたが、周りの鋭い視線に耐えるのが大変でした。私は教育大学に入り直して教師になりました。再婚は一度も考えませんでした。娘が私の全てでしたから。仕事に追われてぐったり帰宅しても、柔らかくしなやかな子どもの体を抱きしめると、どんな悩みも吹き飛びました。

うちの娘、ご覧になったでしょう？　小さい頃は本当に天使のように愛らしかった。一緒に歩いていると、よく羨望《せんぼう》と感嘆の入り混じった目で見られたものです。あの子なら全世界を手に入れられると信じていました。最低でも生き方は選べるように導いてあげたかった。それなのに私の懐を抜け出したある瞬間から、手の施しようがないほど行き違ってしまいました。本を読まなくなり、当たり前のように家出をくり返し、何かにつけて死んでやると脅してきました。学校からは交友関係に関する、聞き捨てならない警告も何度か受けました。正確に言うと女子たちとの関係です。一緒にトイレの個室に入って怪しい行為をしているのが見つかったと。娘を追及すると、呆れるほどあっさり認めました。はじめてあの子に手をあげました。お母さんに何がわかるの、指の跡が赤く残る顔でにらみながら、あの子は言いました。愛について、セックスについて、お母さんが何を知ってるって言うの？

あまりに傷つけられるので、私は段々と諦めるようになっていきました。あの子が中学校を退学になって行方不明になってからは、教会にすがって生きました。そうやって一年が過ぎた頃でしょうか。明け方の礼拝に行こうと家を出ると、娘が雪に降られて立っていたのです。急いで抱きしめると、お腹に柔らかな感触がありました。臨月でした。娘はインスタントラーメンを作ってほしいと言い、がつがつと食べ終わると床暖房がよく効いた場所で眠ってしまいました。静かに見守っているうちに、私も寝てしまいました。娘が家を出てからゆっくり眠った日は一日もありませんでした。

その日、明るい陽光が差し込む部屋で、二人並んで熟睡しました。目が覚めた時はぼうっとしていて。夢かと思ったら夢じゃなかった。隣で眠る娘を見ていたら、全て自分の過ちだったという気がしてきました。二度とこの子を失うまいと決心したのです。

娘が起きると私は言いました。この家にいる以上、二度とあんな生き方はさせない。ここにいたいなら出産後は勉強も再開して、一緒に教会にも通ってもらうと。以前の勢いはどこへやら、娘はおとなしく承諾しました。子どもが生まれてからは、さらに頼ってくるようになりましたし、高卒認定も真面目《まじめ》に受けていました。でも大学に行かせる段になって、またしても言い争いになったのです。学んでみたい分野も、特にやってみたい仕事もないと言うのですよ。幸いなことに写真に興味を持っていたので、なだめすかして短大の写真学科に送り込みました。

娘は大学生活にもさほど関心を持てなかったようです。もしかすると私の干渉が過ぎたのかもしれません。門限だとか外出禁止だとか、思春期の子どもみたいに制限しましたから。でも当時はどうすることもできませんでした。いつまた道を踏み外すかわからない、そう思うと怖かった。娘は反抗するかのように友達も恋人も作りませんでした。暇さえあれば子どもと家でごろごろしていましたね。私が強く迫らなければ仕事を探そうともしなかったはずです。一体何を考えているのか理解できませんでした。未来への夢も計画もないし、意思表示も一切しないのです。家に引きこもり、口を開けば疲れたとか面倒くさいとか。また言い争うようになりました。考え方が違いすぎてなかなか意見が合いません。私の生き方を支配しようとするお母さんがうっとうしい、あの子はそう言いながらも、以前のように家を飛び出したりはしませんでした。風来坊のような生活を経験し、母親のご機嫌を取るほうが楽な道だと気づいたようでした。

一昨年の冬、あの子はひどいうつ病になりました。薬なしでは不安で一日たりとも耐えられないようでした。誰かが自分を殺そうとしているという被害妄想にとりつかれていて。それで無理やり祈禱院に入れたのです。そこでイ・ユサンのような詐欺師と出会うなんて想像もしませんでしたよ。

はじめて会った時から、どういうわけか気に入らなかった。つやつやの小石みたいな見た目をしていました。私ね、魅力的な人間って信じないんです。その中に何が潜んでいるかわかったもんじゃないですから。それでも見守るしかなかったのは、あの人を家に連れてきてから、娘の調子が目に見えて良くなったからです。もう薬は必要ないまでにパニックの症状が好転しました。教会にもちゃんと通うと言うから、相手が貧乏で無能だとしても、しばらく交際を放置するのも悪くないと思ったのです。そのうち別れるかもしれないですし。それがすぐに結婚話になり、私が反対すると二人で家を出ていきました。子煩悩だったのに自分の子を置いて音信不通になるなんて。戻ってこないかもしれないという気がしました。私が譲歩するしかありませんでした。娘を失うくらいなら、あの家柄の悪い男を受け入れるほうがマシです。そういうわけで娘を結婚させ、前夫が遺した遺産まで渡しました。

結婚して一週間もしないうちに、あの男は姿を消しました。残されていた日記帳を娘が持ってきました。何十回もくり返し読みましたけど、到底理解できませんでした。彼は何が言いたかったのですか？　自分は辛酸をなめてきたのだから、理解してほしいという意味でしょうか？　いずれにしても娘の遺産にだけは手を出しませんでしたね。逃げた分際で、気前の良さでも見せつけるように置いていきました。もてあそんだネズミを捨てていく猫みたいに。お金の問題が絡んでいないという理由で、警察も捜査には消極的でした。詐欺罪に持ち込むのもままならなかった。当時の私は半分頭がおかしくなっていたのです。あいつを捕まえて殺してやることばかり考えていました。あなたの小説を新聞広告に載せたのも私です。あいつにつながる些細な手がかりでも見つかるならば、どんなことでもしました。そんな私の暴走を引き止めてくれたのは娘でした。あんなに強い子だとは思わなかったので、正直驚きました。Ｍが失踪してから計り知れない苦しみの時を過ごしていましたが、娘は一年で再び立ち上がりました。そして完全に整理するためにお葬式をしたいと言ったのです。もう帰ってこない人を待つだけの人生は送れないとね。おそらく孫のためを思ってのことでしょう。孫はＭのことを心から慕っていました。玄関の前でひたすら帰りを待ち続けていましたから。

葬儀を終えたことで、娘も私もだいぶ心の整理がつきました。過去は過去。私はＭに対する告訴を取り下げ、興信所や私立探偵のところに行くのもやめました。娘はどういう風の吹き回しか運転免許を取ると言い出しましてね。いくらも経たないうちに赤い小型車を購入し、まもなく自分で運転してあちこち出かけるようになりました。私たちは二度とMの話を口にしませんでした。それが最善だと考えたからです。過去を葬り、その地を踏みしめ、前進するのだと。

娘が家を出たのは一ヵ月前のことです。昔のようにひねくれて家出したわけではありません。心機一転して再出発したいそうです。自分が何をしたいのか考えてみる時間が必要だと言っていました。何ヵ所か家を見て回っていましたが、とても良い場所を見つけたようです。一緒に行こうという社交辞令の一つもなくてがっかりしましたが、その気持ちも理解できます。いえ、あの子を誇らしく思っています。試練の日々を経て、以前よりも強くなりました。父親の遺産だけで十分だと、私の援助は断ってきました。

「お父さんも、たぶん同じ気持ちだったんだと思う」

ようやくあの子が私のもとを去るのだという実感が湧いてきました。娘は孫と一緒にきちんきちんと荷造りをしました。赤い小型車いっぱいに荷物を詰め、最後に車に乗り込んでウィンドウを下ろすと、私に向かって手を振りました。連絡がなくても心配しないでねと言っていました。うまく乗り越えられるよう信じていてほしいと。

子どもたちが出発し、がらんとした家で思い出していました。雪の降る明け方、娘が帰ってきた日のことです。あの時に同じ過ちは二度とくり返すまいと誓いました。でも、またしても娘を失ってしまいました。

娘に会いにいらしたはずなのに、愚痴が長くなりすぎて申し訳ないです。ご覧のとおり、私はひとり取り残されました。そのうち、ここにいたという事実すらも人々の記憶から消えることでしょう。行方がわかったら私にも知らせてください。娘は以前からあなたのファンでした。発表された作品は一つ残らず読んでいたはずです。あの子、何も言っていませんでしたか？

＊

その年の冬は本当に寒かった。十一月から気温は氷点下まで下がり、家の水道管が凍った。古い住宅は暖房の設定温度を上げても、どこからか痺れるような冷たい風が入り込んでくる。布団を体に巻きつけて冬眠に入った動物のように眠った。どんなに寝ても眠かった。翻訳原稿の締切が迫っていたが、全くと言っていいほど仕事は進んでいなかった。出版社からの督促電話を避けるのに必死だった。

十二月の第一週に小さな箱サイズの郵便物が届いた。私の書いた『難破船』の初版本が入っていた。送り主の名前はなくて住所だけが記されていた。誰も知り合いのいない地名なのに、なぜか見たことがある気がした。記憶をたどり、ようやくそれがどこか思い出した。Mとジンが愛の逃避行先に選んだ、まさにあの村だった。

ジンに連絡してみたが電話に出ない。すぐに彼女の家へと向かった。がらんとした家からひとり出てきたハン勧士が出迎えてくれた。以前に会った時よりも目に見えて老いていた。歳月がいきなり彼女を押しのけて通り過ぎていったようだった。ハン勧士によると、ジンはもう家にはいないそうだ。連絡先も行方も知らないので会う術がないとのことだった。私は受け取った郵便物のことを言わなかった。送り主はM、でなければジン、あるいは二人だろう。彼らは一緒にいるという思いが強まった。だが、今はまだ推測の域を出ない。

家に帰るとすぐに荷造りをした。地方に行く用事ができたと言うと、夫は興味なさそうな顔で何事かと訊いた。

「人に会いに」

彼はもっと尋ねたそうな顔だったが、すぐに黙ってうなずいた。

真実を打ち明けられたあの夜から、まともに夫を見ることができなくなった。夫は私の不貞を知っていた。私を破滅させるために、ずっと証拠集めをしていた――その事実を頭の中でリピート再生した。怒りの感情は一ミリも湧いてこなかった。ただ驚いていた。夜になると闇の中で眠る夫の顔を長いこと見つめた。知らない人、親密な人、彼の顔は時々刻々と変化した。私たちは誰からのゆるしも得ることはできなかった。でも、誰が、誰をゆるすと言うのだろうか。

P市までは長距離バスで丸半日かかった。ターミナルで降りてタクシーを捕まえたが、運転手は住所を見ると気乗りしなさそうに眉をひそめた。観光地でもない人里離れた村だから、また市内まで戻ってこようとすると、ゆうに半日はかかるとのことだった。仕方なく往復利用で価格交渉をした。きらきら光る海が車窓をかすめていった。確証もないのにMとジンを捜しに向かっていた。そこで何を見つけようとしているのか自問してみたが、何も頭に浮かんでこない。答えは彼らがくれるだろうと思った。再会したMとジン、二人が一緒にいるならの話だが。

ナビゲーションが案内を終えた地点はひっそりとした小道の入口だった。運転手はぶつぶつ言いながら車を停めた。これ以上は入れないから歩いていくしかないと。ナビゲーションの画面上で点滅する矢印を信じるなら、目的地まではそう遠くないはずだった。

「長くは待てないから、そのつもりで」

私はカバンを肩にかけると狭い道に沿って歩き始めた。厚いコートを着てきたことも、硬い皮靴を履いてきたことも後悔していた。古い家がちらほら目につくが、全体的に荒涼とした雰囲気の村だった。低い石垣が巡らされた典型的な農家に人の気配はなかった。村の名前以外の正確な住所がわからないので、どこに向かうべきか見当もつかなかった。

どれくらい周囲をさまよっただろうか。杖《つえ》をついて歩いてくる老婆に出会った。ジンとMの人相や着衣を説明し、村に新しくやってきた若者はいないか尋ねた。老婆はこちらの話が終わる前からうなずいていたが、私の背後を指差した。今いる場所から百メートルほど離れた通りにある青い屋根の家だった。門が開け放たれていた。

ドアをノックしたり声をかけたりする勇気が出ず、息を殺して門の中をのぞき込んだ。村のほかの家と違い、外観を一望した限りでは整頓されているようだった。玄関アプローチには灰色の石が敷かれ、大きな縁台の横に植えられた銀杏《いちょう》の木には金色の実がなっている。建物の外壁には絵が描かれていた。赤い夕陽を浴びる海岸とカモメ、帆船の絵だった。庭の片隅に置かれている子ども用の自転車とキックボードが目を引いた。

突然ドアが開くと誰かが出てきた。私は見つかった泥棒のように身を潜めた。ジンだ。何か面白い話を聞いたのか大笑いしていた。そして誰かが彼女の肩に手を置いて一緒に出てきた。最初は誰なのか思い出せなかった。いや、誰なのかは知っていたが、なぜここにいるのか意味がわからなかった。

ミリアム、私も何度か会ったジンの同僚。ジンとミリアムは顔を寄せ、何かささやき合っていた。手をつなぎ、もたれ合い、微笑みの眼差しを交わしていた。恋人同士の姿だった。誤解の余地はない。自分の体が震えているのがわかった。その時、ミリアムが私に気づいた。ようやくジンもふり向いてこちらを認めた。どんな顔をするべきかわからなかった。

ジンは少し驚いていたが、慌てたようすはなかった。こうなることを十分に予測していたらしく、淡々とした態度で迎えた。

「いらっしゃるかもしれないと思っていました」

ジンが門の外に出てきた。

「お入りください。むさ苦しいところですが」

導かれるまま室内に入った。想像よりも小さな部屋には簡素な家財道具がきちんと整理されて置かれていた。そして数枚の写真。ジンとミリアムが一緒に写っていた。はっきりと見て取れる明るい二つの顔。Mはどこにもいなかった。どれも二人だけだった。ジンは最初から私を騙したのだ。いや、全員を騙していたのだ。答えが順々に姿を現し始めた。

「お座りください」

ジンが座布団を差し出した。

「……イ・ユミは、今どこにいますか?」

私は意地を張って立ったまま尋ねた。

「知りません」

ジンは短く答えた。

「家を出てから一度も連絡を取っていません」

「これって一体……あなたたちはどういう関係なのですか？」

思わず声を荒らげていた。

「あの人と私は契約関係にありました」

「契約関係？」

「責任と、それに伴う見返りが明示されている関係だったという意味です」

ジンは素直に認めた。

「偽装結婚とお金のことです」

膝から力が抜け、これ以上は立っているのがしんどかった。彼女が勧めてくれた座布団の上に座り込んだ。

「遺産を受け取るための演技だったわけですね」

私は事実を確かめるようにゆっくりと言葉を吐き出した。

「でも、どうして私にまで嘘をついたのですか？」

「どうやって先生のことを信じろと言うのですか？」

ジンは表情のない声で訊き返した。

「本当のことを話して母にばらされでもしたら、それこそ一巻の終わりでしょう。こんなに長い時間をかけて念入りに準備してきたのに」

「今になって真実を明らかにする理由は……」

「全て終わったからです」

ジンは静かに答えた。

「私たちはもうすぐここを離れます。先生には、その前に本当のことを伝えたかった。本を書くとおっしゃったじゃないですか」

ノックの音がしてミリアムがお茶を運んできた。こちらにぺこりとお辞儀をしているのがわかったが、目を合わせることすらできなかった。以前に何度か見た顔だが、あの時とは完全に雰囲気が異なった。子どもと一緒にいるからとジンに向かってささやき、ミリアムは部屋を出ていった。ミカン茶の淡い香りが部屋に広がっていく。ジンはゆっくりと私のコップにお茶を注いだ。

「あの詐欺芝居で、イ・ユミはいくらもらったのですか?」

詐欺芝居という言葉にジンはぴくりと体を震わせた。

「必ずしもお金だけのためだとは思っていません。最初は私が助け、次にあの人が助けてくれた。お互いにどうしても必要なものをやり取りしたのだと考えています」

ジンは記憶をたどるように首をかしげた。

「祈禱院で出会った時、あの人は彼岸から此岸《しがん》へと渡ってきたところのように見えました。目がくぼんで精気のない顔をしていましたが、不思議なことにその瞳には光が宿っていました。祈禱院の人間でないことはひと目でわかりました。かくまってやり、食べ物を渡しました。元気を取り戻して、再び立ち上がれるようになるまで面倒をみたわけです。どうしてあ最初はそれだけでした。でも生気がよみがえったあの人にこう訊かれました。どうしてあんなに泣きながら祈るのかと」

　ジンはお茶を一口飲むと話を続けた。

「当時は呼吸をするのもつらいほど深刻なうつ状態でした。稼ぎにならない仕事をしているから、子どもを自分の思いどおりに育てられないから、同性の恋人と隠れて会わないといけないから、父親が誰なのかも知らずに孤独の中で育ったから……理由を挙げたらきりがないでしょうね。結局、全ては母親から自立できないせいでした。子どもと恋人を連れて遠くに逃げたいと、一日に何度考えたことか。でも、それもままならない。貧乏な同性カップルが子どもを育てながら生きていける場所って、どこにあるのでしょう？　父親が遺した遺産はありましたが、結婚しなければ受け取れないお金ですから、絵に描いた餅《もち》でした。神も私を助けることはできないだろうと話すと、あの人が答えたのです。自分は神ではないけれど、あなたを助ける方法を知っていると」

　ジンは苦笑いした。

「驚くような話でした。そんなことができるなんて一度も思ったことなかった。あの人は、自分は女として生まれ、男になったと言いました。彼には特別な才能があると確信しました。私とミリアム、息子の三人を同時に救える才能です。彼の存在は、私がこれまで捧げてきた祈りに対する応《こた》えなのだと思ったのです」

「あなたは彼を利用しただけよ」

　ジンの言葉をさえぎり、私は冷たく言い放った。

「先生は違うと言い切れますか？」

　ジンはそう訊きながら、こちらを真っすぐ見つめた。

「違うと言うなら、なぜここまで訪ねてきたのですか?」

どうやって戻ったのかわからない。半ば放心状態で歩いていたら凍った地面で転んでしまった。足首をひねって氷の張った水たまりで滑ったのだ。濡れた足から伝ってくる冷気で全身ががたがたと震え出した。足を引きずって戻ってきた私を見ると、運転手は黙ってドアを開けてくれた。

ソウルに着くと夕方だった。ターミナル近くのカフェに入ってコーヒーを注文した。考えを整理するためだった。でも頭の中はごちゃごちゃのままで何も考えられなかった。

この苦痛にも近い喪失感はどこから来るのだろう。あの家に二人でいてくれたらと願っていた。ジンのもとに戻ったことで、イ・ユミはついに人生のクライマックスを迎えたのだと確かめたかった。彼らの救済と回復が可能ならば、私にだって同じものが与えられるはずだから。でも、それは叶わない願いなのだと、今になってようやく気づいた。テーブルの向かい側の壁には、ゴッホの『オーヴェール＝シュル＝オワーズの教会』の複製画が掛かっていた。今にも宙から降ってきそうな危うさをはらんだ出口のないその教会を、私はぼうっと眺めた。

家に着いたのは日付が変わる頃だった。当初の予定では夕飯の時間には戻らなければいけなかったのに、かなり遅くなってしまった。子どもと夫は眠っていた。暗い家に入ると静かにキッチンへ向かった。コートを脱ぎ、インスタントラーメンを作ろうと体を起こすと、夫が部屋から出てきた。

「寝てなかったの?」

「目が覚めたところ」

ラーメン食べる？　と訊くと、夫は気軽にうんと答えて食卓についた。冷蔵庫から長ネギを出して切った。どちらも言葉を発しなかった。ラーメンを食べ終わるまで一言もしゃべらなかった。静かなキッチンにずるずると麺《めん》をすする音だけが響いた。顔を突き合わせて温かい料理を食べているなんて、なんの問題もない平凡な夫婦のようだった。あんなことがあったなんて嘘みたいだった。でも、これ以上幼稚なごまかしを重ねながら暮らしていくのは無理だった。

「ごめんね」

空の器を前に、私は言った。

「まだ、あなたに謝ってなかったでしょう。騙したこと、自分のポジションを守れなかったこと、私たち家族をこんなにしてしまったこと」

夫はこちらをじっと見ていたが、やがて首を横に振った。

「誰かひとりの間違いでも、ひとりが謝ることでもないよ」

「あなたを愛していないの」

しゃがれ声で、私は言った。

「間違いなく愛していたのに、ある瞬間から愛情が消えてしまった。たぶん、私には誰かの妻や母親になる素質がないんだと思う。以前はそれを認めることができなかった。怖かったの。だから、あなたを騙して嘘をついた」

感情が込み上げ、これ以上しゃべれなかった。テーブルに置いた手に、夫の手が重ねられた。こういう接触はいつ以来だろう。その久しぶりの感覚に思わず涙があふれた。

「大丈夫」

彼の大きな手が、私の手をあやすようにぽんぽんと叩いた。

「もう何も言わなくていい」

私たちはしばらくそうしていた。でも、じきに夜が明けることもわかっていた。そうしたら起き上がって、それぞれの場所へと戻っていくということも。

十．ゼロのデュナミス

〈ずっと変わらぬ切実な願いはただ一つ、本物の自分は誰なのかを忘れることだった。変装と嘘のほうが実物だと信じ込む錯乱状態に陥ること。そうすれば、これほど何度も死を経験しなくて済んだはずだ。虚像だとしても踏みしめて立つ大地があったはずだ。でも本当は皆を騙している時もわかっていた。これはステージでしかなく、あちこちに見える美しい事物も、結局は舞台の小道具にすぎないと〉。

Mは日記の最後にそう書いている。その日記も偽物だと判明した。アリバイ工作のために記録を残したのだ。あとになってからハン勧士が疑わないよう、事件の前後を細かく示す日記が必要だった。演出されたロマンスに全員が騙された。彼らは取り立てて神経を使う必要もなかった。人間はいつだってロマンスに感応する準備ができている。それはもっとも手っ取り早い麻酔薬だ。彼らはそうやってストーリーを完成させた。だが、どんな詐欺芝居にも真実の担保が必要だ。そうしなければ罠《わな》にはめることはできない。Mの日記がその役割を果たした。記録した一日一日、その中にイ・ユミの影があった。

私は嘘をつく時の気分を知っている。自らを真実から排除し、嘘つきの烙印《らくいん》を押し、暗くじめじめした自己嫌悪の沼に閉じ込めた時に感じる、小さな快感も知っている。だからイ・ユミに関心を持ったのかもしれない。自分と同じ種類の人間なのではという好奇心と恐れが彼女へと向かわせた。でも、今はもう彼女が誰なのか見当もつかなかった。

P市から戻るとしばらく寝込んだ。薬に酔って気絶したように眠り、額に感じる冷たい手の感触に体を震わせた。数日後の明け方に目覚めると、室内は日が昇る前のほの白い光に満ちていた。ふらつく足で鏡の前に立った。皮膚はがさがさ、やつれた顔をした女は、目だけがぴかぴかと光っていた。不意に全てが変わったことに気づいた。高熱とともに、自分の中の何かが蒸発してしまったのかもしれなかった。

作業室を引き払うと告げると、夫は自分も手伝うと言い出して私を驚かせた。追い払うわけにはいかなかった。ジーパンにトレーナーという格好は、慎重で要領の悪かった留学生時代の彼を彷彿《ほうふつ》とさせた。古い軍手をはめて部屋の家具を一つずつ運び出した。夫は急ぐことも、ぐずぐずすることもなかった。水の一口も飲まず、一言もしゃべらず、落ち着いて部屋を片付けていった。

「忘れているものはないか、ちゃんと見るんだぞ」

最後に窓を閉めて部屋を出る前に夫が言った。荷物を載せたトラックは作業員が運転していき、私たちは夫の車に乗り込んだ。夫はエンジンをかけると、しばらくヘッドレストに頭を預けて目を閉じた。大丈夫？　と尋ねると、少し疲れただけだと答えた。私ひとりでも平気だったのにという言葉には何も答えなかった。少しして彼はいきなり体を起こすと、コンソールボックスから目薬を取り出した。ドライアイのせいで最近はやたら目が眩しい、前を見るのがつらいと言いながら偽物の涙をぼろぼろと流した。帰宅ラッシュが始まった道路は車があふれていた。私たちはもうすぐ行われる娘のクリスマス発表会、彼女の演じる役柄、舞台衣装について話した。夫は信号に引っかかって停まるたびに、指で上まぶたを揉んでいた。

家に着くと中華料理のデリバリーで夕飯を済ませた。どの料理も甘くて油っこかった。

一日中ベビーシッターに預けられていた娘は硬い表情でちびちび食べていた。夫がくだらない冗談を言ったが、誰も笑わなかった。食卓を片付けてリンゴを二個むいた。夫は娘の部屋で二人きりの時間を過ごしていた。私が入るとぴたりと話がやんだ。リンゴの皿を二人の前に置いた。

少しして子どもの部屋から出てきた夫はベランダでタバコを吸った。闇の中で明滅する赤い光が上下していた。風が強いのか、窓の外の木々が危うく揺れている。夫は何かを切実に待っている人のように見えた。彼の視線を追って、冷たく遠い闇の向こう側を眺めてみた。

「そろそろ行くから」

夫はハンガーに掛けていた上着を手に取った。玄関まで見送った。

夫が私物を整理して家を出たのは一週間前だった。別れるという結論に、娘はひどく反発した。夫は娘の部屋の閉ざされたドアの前でためらっていたが、やがて家を出ていった。私は彼の車が去っていくのを見守った。

離婚の手続きを終えると、夫はローンが半分以上残っているこの家を明け渡してくれた。今後の養育費は一切受け取らないという条件だった。あらゆる清算を終えると、私たちの間には何も残らなかった。夫は前回と違って私物を一つも残していかなかった。リビングと部屋を埋め尽くす本や本棚が次々と運び出されると殺風景な部屋になった。そのせいか、以前はそんなことなかったのに夫の夢をよく見るようになった。まだ幼い娘を連れてピクニックに出かける夢だった。気だるい春の日差しの下で弁当を広げ、お互いをハグし、子どもを見ながら明るく笑っていた。夢から覚めるとみぞおちの辺りがくすぐったかった。それでも夫には連絡しなかった。週に一度ずつあった電話すらもなくなり、私たちは完全な他人になった。

もう少し努力することもできた。時間を置き、散り散りになったものが本来の場所に戻るまで待つこともできた。いつかふり返りながら、どれも人生の過程だったと追想することもできた。でも、私たちはそうしなかった。そのあらゆる生活の可能性を一刀両断し、はげ山のごとく丸坊主にするほうを選んだ。生活を信じられなかったからではない。それ以外のリセットする道を見つけられなかったから、リセットしなければ再スタートできなかったからだ。


夫の車が走り去り、私は娘の部屋のドアをノックした。子どもは頭まですっぽり布団をかぶっていた。名前を呼んでも返事がなかった。

「一緒にさ、リビングにクリスマスツリーを飾るのはどう？」

ベッドの足元に座って言った。

「この家に引っ越してきた最初の年からクリスマスツリーを置きたかったんだけど、毎回何かが起こっていたでしょう。誰かがいなかったり、風邪を引いたり、別のスケジュールができたり。だから今年は何があっても後回しにしないで、クリスマスツリーを飾ろうよ」

子どもは答えなかった。布団の中の小さな体は肩で息をしていた。

「パパと別れたのが悔しいんだよね、わかってる」

子どもに向かってささやくように語りかけた。

「ママもね、ずっと前にとても大切な誰かさんとお別れしたことがあるの。あなたと同じくらい愛していた、あなたと同じくらい小さくて可愛らしい誰かさんだった。その人を失ってからのママは以前よりも弱くなったし、元気もなくなった。でもね、それって悪いことばかりでもないのよ。ママの人生に、その人の居場所を残しておけるっていう意味だから」

子どもはやはり何も言わなかった。少しして私が立ち上がろうとすると、布団の中から小声で答えた。

「ツリーを飾るには遅すぎるよ」

子どもは赤く火照《ほて》った小さな顔を突き出した。

「クリスマスまで一週間しかないのに」

「そんなの平気よ。私たちが良ければいい話なんだから」

「いつ?」

「今、今すぐ」

私はクリスマスの翌日に生まれた。予定日よりかなり早かったので、何も考えずに江《カン》原《ウォン》道《ド》の本家を訪れていた父と母は、山奥の小さな病院で私を産んだ。出産に必要な用品も準備できなかったので、生まれたての赤ん坊を毛布でぐるぐる巻きにして山を下りたそうだ。大雪が降った山道は車が通れず、二人は赤ん坊を抱いてそろそろと歩いた。奥深い山、静寂の朝、降りしきる雪、生まれたばかりの子どもを抱きしめた若い夫婦、私の誕生日が来るたびに、父と母はその日のことを話してくれた。二人が言い争いや意見の相違なくふり返ることのできる、たった一つの思い出というわけだ。

離婚の手続きは終わったが、両親にはまだ解決できていない感情の澱《おり》が残っていた。ハリウッドスターのようにクールな友人関係に進展する余地はなかった。つまり、これからの私は渡り鳥のように、こっちの家とあっちの家を転々としなければならないという意味だった。

誕生日の前日は父と、さらにその前日は母と夕飯を共にした。二人ともそんな気はないふりをしながら、お互いの近況をそれとなく知りたがった。母は介護士の資格を取る計画だったが、その話を聞いた父は、それで暮らしていけるのかと舌打ちした。父は書斎を模様替えして数百冊の蔵書を入れたが、その話を聞いた母は、もうじき死ぬ癌患者が本なんて読んでいるのかとため息をついた。引き離してみると、あの長い歳月をどうやって一緒に生きてきたのかと不思議に思うほどだった。

夫が一緒に来なかったことについて、私はそれぞれに嘘をついてごまかした。父と違い、母は何か気づいたらしく表情がかすかに変化した。でも、それ以上は尋ねてこなかった。夕飯が終わると、母のオフィステルのキッチンで皿洗いを手伝った。

「もう小説は書かないの?」

母はふと思い出したというように訊いた。

「どうして?」

「……読みたいから」

母は何気なさそうにそれだけ言うと手を洗った。

家に戻って『難破船』を最初から最後まで読んでみた。ずっと前にこの小説を書いていた時の記憶がよみがえった。ほとばしる感情をすくい上げ、注ぎ込むことばかりに心を奪われていた拙作だった。でも、その未熟な感傷の裏側には、文章化できるはずだし、無駄ではないはずだという信念があった。黒い表紙に刻まれた白い螺旋形《らせんけい》の光を撫でてみた。それは海底に沈んだ船上に吊り下げられた帆の陰影、あるいは捨てられていた本を手に取った、たったひとりの共感、何度も失敗をくり返しては再スタートを切る、ゼロのスタートラインだった。

＊

Mのことをどう呼ぶべきか、今もまだわからないのです。イ・ユミだと別人のような気がするし、イ・ユサンでは私が何かを騙しているような気分になります。先生は、私があの人を利用しただけだと言いましたね。あの時はかっとしましたが、ふり返って考えれば考えるほど、その言葉を否定できないと思うようになりました。名前をどう呼ぶべきかとためらうのは、そういう理由からです。

私たちは友達ではありませんでした。一年近く一緒にいましたし、誰にも見せられずにいた恥部も共有しましたが、友達だったことは一瞬たりともありませんでした。では、どんな関係性だったのでしょう。今さらですが自問しているところです。

あの人に出会う前の生活はふぞろいなルービックキューブのようでした。いつからかはわかりませんが、自分は失敗者だという思いをずっと抱えて生きてきました。母の期待は大きく、私は一度もそのレベルに届きませんでした。どうにかして到達しようとあがきましたが、ことごとく失望させました。そのうちに少しずつ諦めるようになりました。十代の頃は当たり前のように家出をくり返し、気の向くままに生きていました。生きることに対する愛着も特になかったです。適当に続けてはいくけど、切れたらそこまで、そんなふうに思っていました。

家に戻ったのは子どものためでした。私は生涯にわたって男を憎悪してきましたが、路上生活をしていた時に望まない妊娠をしました。どうやって子どもと生きていくか途方に暮れ、母のもとに戻るしかなかったのです。子どもを憎んでいたわけではありません。その頃にはホームレスの生活にもうんざりしていて、母に寄生するほうが楽だと十分に理解していました。ただ、あの家に戻ってからはずっと仮面をつけて暮らしていきました。希望も願いもなく、母のルールに従って生きてきました。恋人とこそこそ会いながら、どうにか日々を生きながらえていたのです。祈禱院にいた頃は生きる屍《しかばね》も同然でした。そうしたら私と同じ表情をしている人に出会ったのです。その人が、私の人生を完全にひっくり返すだろうとは想像もしていませんでした。

M、あの人は生まれながらのペテン師でした。言葉巧《たく》みで自分の感情を隠すのに長けていました。社交的に見えましたが、プライベートな話はあまりしませんでした。自分で決めた厳格なルールの中でしか動かない。先が読めない状況を病的なまでに避けていました。正体がばれるかもしれないと思っていたのでしょう。私の前でも緊張を解きませんでした。それくらい周到で綿密だったというよりは、そういうやり方でしか人と関係を築けないようでした。私は別に構いませんでした。自分の役割さえ果たしてくれれば結構、友達が必要だったわけではなかったので。

一緒に家を出て、二人きりで暮らした時期があることはご存じですよね。幕間《まくあい》に舞台上で待機する俳優のように、私たちもしばらくお互いの役割から自由になることができました。膨大な量の台本や指示から解放された気分でした。あそこでは嘘は必要ありませんでした。偽の微笑みやジェスチャー、動く前に確認すべき動線も。でも、逆にそのせいで完全に会話が途絶えてしまいました。徐々にその沈黙に当惑するようになっていきました。

空き家で半月以上過ごす間は、それぞれの部屋で別々に生活していました。あの人は散歩がいちばん好きでした。びっくりするくらい遠くまで行っていました。景色を眺めたり、ゆったりと回ったりする散歩じゃないんです。かなりのスピードで地面だけを見つめて歩いていました。考えに耽っているようにも、何も考えていないようにも見えました。ひとりでいる時のあの人はまるでマネキンのようでした。生気が完全に抜けた姿とでも言うのでしょうか。

一度だけ、あの人が自分の過去について話してくれたことがありました。公園で自転車に乗る子どもを見ていた時でしたが、急に幼い頃のあだ名を教えてくれたのです。アナスターシャ、と長く伸ばして発音していました。まるで、その名前にまつわる過去の記憶を紐解《ひもと》くように。私は黙って話の続きを待ちましたが、それでおしまいでした。あの人は呆然とした顔で宙を見つめていましたが、それ以上は語りませんでした。

アナスターシャというあだ名で呼ばれていた少女が、どうしてMに変身したのかはわかりませんし、気にもしませんでした。残されていた日記で全てを知ったくらいですから。あの人はアリバイ工作のために、あの日記を置いていったのです。半分は真実、半分は嘘が書かれた日記。どうしてでしょう、読みながら自分の物語のように感じました。同じ経験をしたわけでも、ましてや男になるなんて思ったこともないのに。おそらく生に対する憎悪が、胸の真ん中を貫く巨大な黒い穴が、私たち二人の共通点だったからでしょう。

自分の道は完全にふさがれている、そんな思いから途中で投げ出した時期もありました。でも彼が現れて別の道を開いてくれたので、壁の向こうにも世界はあると知りました。そしてようやく立ち上がり、前に進むことができるようになったのです。未来や夢なんて、以前は考えたこともありませんでした。一度も自分自身を生きたことがなかったからです。詐欺、謀略、策略、今回の一件をどう呼ぼうと関係ない、とにかく私はあの人のおかげで生き直すことができるようになりました。愛する人と食べ、飲み、手をつなぎ、眠ることが、人生においてどれだけ大切かを知りました。これこそ、Mが私にくれたプレゼントです。

実家を出ることは決して簡単な決断ではありませんでした。真実が明らかになれば、母がどれだけ傷つくかはわかっています。でも避けられない決断でもありました。理解してもらえないことは確実でしたから。今までずっと母を騙して生きてきました。私にとって真の望みとは何か、真の喜びとは何か、一度も正直になれなかった。そのせいで自分自身も、母も不幸にしていました。次に再会する時は、もう何も恐れずに自分を見せられるようになりたいです。ミリアムと私、そして子どもと一緒に、また母に会える日が来ることをいつも願っています。

いま私は、子どもと廃屋の木陰に座ってこの手紙を書いています。じきにここを離れるつもりです。この先に何が起こるのかは見当もつきませんが、今までで最高に満ち足りた気分です。今ならわかります。幸せとは理解の範疇《はんちゅう》を超えた楽観と希望に近いのだと。

いつか先生の書かれる小説を読めば、この喜びの根源が何かを理解できるでしょう。

Mは、今どこにいるのかと先生は尋ねましたよね。私のほうが知りたいくらいです。あの人が一体誰なのか、私たちのもとを去ってどこに向かったのか、いつも気になっていました。別れる前に行先を聞いたら、自分でもわからないと肩をすくめていました。足音を立てて歩み去っていく彼を、私は焦って呼び止めました。何か言い忘れている気がしたのですが、そんなものあるわけもなくて。黙って立ち尽くしていると、Mがにこりと笑ってみせました。でも、すぐに笑みの完全に消えた顔に戻って立ち去り、それが最後になりました。

あの人とひとつ屋根の下の同じ部屋で暮らしました。名目上は夫婦でしたが、実際は共謀者だったわけです。あの人の写真を数百枚は撮り、そのうちの数枚は壁に飾りもしました。それなのに、いまだにあの人の顔がきちんと思い出せないのです。これといった特徴もありませんでしたが、表情一つで雰囲気の変わる人でした。あれは果たして誰だったのでしょう。私の救世主、それともずる賢い詐欺師でしょうか。いずれにしてもM、それが私の記憶に残るたった一つの名前です。小説家でロシアの宣教師の息子、ひとりで遠くまで歩き回るのが好きだったミステリアスマン。

＊

春になり、ようやく延び延びになっていた翻訳原稿を終えた。出版社に別の仕事をやるつもりはあるかと尋ねられたので喜んで引き受けた。お金になる仕事であれば、あれこれ選べる立場じゃないことはわかっていた。かなり前から連絡が途絶えていた先輩や後輩を訪ね、講義や原稿執筆、寄稿といった仕事を探したが、快く自分のポストを譲ってくれる人などいなかった。以前だったら目も向けない微々たる報酬の仕事も、自分から引き受けるしかなかった。夜に帰宅する頃にはへとへとだった。歯が欠けたようにすき間が空いていた室内は、徐々に子どもと私の荷物でいっぱいになっていった。

三月に子どもが学校に入学した。毎朝起こして学校まで連れていくのが、一日の最初の日課になった。娘はどんなに車内でぺちゃくちゃ話していても、校門の前でお友だちを見つけると、ふり返りもせず一目散に駆けていった。遠ざかる後ろ姿をしばらく見守った。いずれは娘が前を歩くようになり、今みたいに背中を見守るのが私の人生になるはずだ。私が母に対してそうだったように、あの子もすぐに私のことを忘れるだろう。遠くから娘がお友だちと笑う声が聞こえてきた。少ししてから車を回して学校前の狭い道を抜けた。

月曜日の午前中のカフェ〈二階〉は閑散としていた。窓辺の席に陣取り、誰かを待つように通りを見下ろした。だが、私を訪ねてくる人はいない。私はひとりだし、ひとりでいるためにここに来ている。あどけない男性スタッフがコーヒーを運んできた。挨拶を交わし、朝のニュースや天気について雑談した。

最近このカフェで毎朝コーヒーを飲んでいるという事実のほかに、彼は私のことを何も知らない。カフェにいる数人に満たない人々も、皆同じだった。お互いについて何も知らず、知らないという事実に安堵しながらその場に留まっている。誰かがスプーンとフォークを置く音、紙をめくる音、外国語をつぶやく声、カバンをまさぐる音、何かを落とす音、ため息をつく声が聞こえた。ある瞬間にそれらの音は一つになって潰れ、やがて消えた。コーヒーを一口飲み、テーブルに載せたノートパソコンの電源を入れた。古いものなので起動にもかなりの時間がかかった。しばらくして真っ白いウィンドウが表示された。

ここ数日は、その画面を見つめるばかりで何もできなかった。何を書くつもりか、どう書くつもりか、頭の中は空っぽだった。結局、イ・ユミ、イ・ユサン、Mを理解できなかった。嘘と欺瞞で穴だらけの人生を、どんな理由があるにしても正当化するのは無理だ。それでも午前中の数時間、私はカフェ〈二階〉で座り続けた。ただちに金を稼ぎ、生活費や古い家を補修する費用も捻出する必要があったが、それと同じくらい書くという行為は切実だった。連日のように宙に浮く白紙をにらみ続けたが、席を立つ頃には全身が水浸しのスポンジのように重くなっていた。

どれぐらい経っただろうか。ぼうっと物思いにふけっていた私は、誰かが通りすがりにコーヒーカップを倒した音で我に返った。カップの底に少し残っていたコーヒーがテーブルにぶちまけられた。私は悲鳴をあげてノートパソコンを持ち上げた。倒してしまった若い男性はひどく恐縮し、拭くものを探しにいった。カフェの中にいる人々の視線が集中した。決まり悪さに後ろを向くと、遠くでこちらを見つめている女性と目が合った。背が高くてブラウンのショートヘア、ネイビーのニットを着ていた。距離が遠くてはっきりと顔は見えなかった。それなのに、どうも初対面のような気がしないのだ。女性は視線を外してコーヒーを受け取ると、速い足取りでカフェを出ていった。

私は得体の知れない衝動に駆られて勢いよく立ち上がった。

「あの、すみません」

焦った声で後ろから呼び止めたが、女性は一度もふり返ることなく歩み去った。追いかけようと早歩きしていた私はすぐに走り始めた。それでも二人の距離はなかなか縮まらない。行き交う人びとの間で、女性の服の裾が波で揺らめくブイのように浮かんでは消えた。曲がりくねった道の行き止まりまで来ると、女性は駐車場に向かった。ぎっしりと並ぶ車のフロントガラスに反射する三月の日差しが目に沁みた。女性は古い中型車の運転席に乗り込んだ。私はぜいぜいと喘ぎながら立ち止まった。開かれた車の窓から横顔が見えた。一瞬、もしかすると男性かもしれないという気がした。鼻筋と口元のシルエットがそう感じさせたのだ。男性、女性、どちらとも確信が持てなかった。ちらりとこちらに目を向けたようにも見えたが、次の瞬間には走り去った後だった。テールランプを点滅させて速いスピードで遠ざかる車を呆然と見送っていると、背後でクラクションが鳴らされた。もう顔立ちすら思い出せない。

　とぼとぼとカフェに戻った。何かに取りつかれたようにぼんやりしていた。置いていった荷物はそのまま散乱しており、テーブルにこぼされたコーヒーはきれいに片づけられていた。パソコンの真っ白いウィンドウも相変わらず宙に浮かんでいた。椅子を引き、テーブルに体を寄せて座った。消えた女性について、男性について、背後を至近距離から追うように書き始めた。久しぶりすぎて手が震えた。

　冒頭がいちばん難しかった。いつもそうだった。書いては消し、消しては書き、また書いて、消して、そのうちに書くよりも消すほうが先になった頃、偶然のような一行が残った。私は首をかしげながら冒頭を過ぎ、次の文章に取りかかった。黒い活字が足跡のように刻まれていく。恥ずかしくなるほど薄っぺらく粗《あら》い文章だ。それでもやめない。そんな自分に居心地の悪さを感じていたが、気持ちを奮い立たせることで乗り越える。白紙は私を突き放さなかった。受け入れられたという喜びから、さらに深く入り込んでいく。徐々にスピードも増していく。薄く軽いキーボードを叩く感覚、その悦《よろこ》びが両手から全身に広がっていく。月曜日の午前、カフェ〈二階〉のガラス窓から長く温かな光が差し込んでいた。

作者の言葉

二年前の春、マンションの近くに作業室を借りた。窓を開けると娘の通う保育園の小さな庭が見えた。それからはマンションと保育園、作業室の三点をつなぐのが日課の全てとなった。一ヵ所に留まっていた時よりも、三ヵ所の間を歩き回った道のほうが鮮明な記憶として残っている。その道のどこかで、この本は生まれた。

いつも嘘つきと詐欺師に心惹かれていた。彼らの虚《むな》しい夢、根拠のない欲望は、自分のもののように甘くひりついた。私は彼らのことを知っていると思った。自分こそが彼らだと思った。いつもそういう錯覚、あるいはギャップの中で物語を書くことになる。そして最後になって、ようやく自分が何も知らないことに気づく。

三冊目の長編小説だ。最初の本より二冊目、二冊目よりも三冊目が良くなるなら嬉《うれ》しいが、残念なことにこの仕事はそんなふうに比例しない。いつも最初から書き始めなくてはならない。だから私に必要なのは、とにかく体力――脚力と筋力の増強だ。いつでも再スタートできるよう、大きく鮮明な三角形を描いて回れるよう、あとは天に任せるしかない。ふと空を見上げると綿のような白い雲がゆっくりと頭上を通りすぎていく。全てが澄みわたり、眩しい秋だ。

二〇一七年十月　チョン・ハナ

訳者あとがき

本書は二〇一七年に韓国の出版社文学トンネより刊行された『親密な異邦人（친밀한 이방인）』の全訳である。翻訳には初版十刷を用いた。

日本では初紹介となる著者のチョン・ハナは一九八二年生まれ。建国大学校国文科に在学中の二〇〇五年に大山大学文学賞を受賞して作家デビューを果たし、その後も数々の文学賞に輝いている実力派だ。当時は朝の九時から夕方の六時まで、会社員と同じように毎日執筆する専業作家としても注目を集めた。

本書は『月の海』『リトルシカゴ』（いずれも未邦訳）に次ぐ三作目の長編小説となり、二〇一九年に韓戊淑文学賞を受賞した際には、審査員から〈嘘、デジタル文明という仮想の世界、現実とアナログ、実体のない現実、嘘が実体になっていく不気味さなど、現代の雰囲気と性質を巧みに炙り出すことで、我々の社会問題の核心を突いた〉と高く評価された。

本書を語るうえで欠かせないテーマに〈嘘〉が挙げられるが、著者は刊行当時のインタビューで〈嘘と女性〉について、こんなことを語っている。

この作品に登場する人物のほとんど全員が嘘をつく。特に女性は〈男性中心の社会で生き残るための必然の結果〉として嘘をつく。世間には女性だからという理由で課せられる役割や期待が多分にあり、自発的に合わせていくことが求められる。前作の長編から今回の『親密な異邦人』を書き上げるまでに五年間のブランクがあったが、実はこの期間に出産と育児を経験した。学生だった期間が長かったことや、若くして作家という職業に就いたこともあり、女性であるが故の社会的なペナルティを、これまではあまり実感したことがなかった。それが結婚と出産を介して、女性だからという理由で閉じ込められてしまう場所の存在や差別を、身をもって経験した。不幸や孤独をどこにも打ち明けられず、結局は破滅へと向かっていった主人公の〈私〉には、当時の実体験が反映されている。

こうした経験の数々は、本書の四年後に発表された短編集『酒とバニラ』（未邦訳）にも色濃く表れている。作家であると同時に二人の子どもの母親でもある著者は、すべての収録作で子育て中の女性に焦点を当て、仕事と家庭の間で葛藤するさまざまな姿を描き出した。結婚と出産は一度越えたら元には戻れない高い敷居のようで、生き方を自由に選ぶのは至難の業。そうした非可逆性の中で新たな一歩を踏み出す人物像は『親密な異邦人』の主人公と同様に、自身の〈今〉が投影されているのだろう。二十三歳の若さで作家になり、作品とともに成長してきた著者は、これから四十代、五十代、六十代の女性をどんなテーマで、どんなふうに描いていくのか、今後の作品が楽しみだ。

編集を担当してくださった講談社の市川裕太郎さんをはじめ、この本に携わってくださったすべての方に御礼申し上げます。

二〇二四年　七月　古川綾子

著者　정한아（チョン・ハナ）

1982年、ソウル特別市生まれ。建国大学校国文科卒業、同大学院博士課程修了。2005年大学在学中、大山大学文学賞を受賞してデビュー。他の著作に『月の海』（2007）、『リトルシカゴ』（2012）、『エニ』（2015）、『私のために笑う』（2019）などがある。『月の海』で文学トンネ作家賞、『エニ』で統營市文学賞、金溶益小説文学賞、『親密な異邦人』で韓戊淑文学賞などを受賞した。

訳者　古川綾子（ふるかわ・あやこ）

神田外語大学韓国語学科卒業。延世大学教育大学院韓国語教育科修了。神田外語大学講師。NHKラジオステップアップハングル講座2021年7－9月期の講師を務める。主な訳書にハン・ガン『そっと 静かに』、キム・エラン『外は夏』、キム・ヘジン『娘について』、チェ・ウニョン『明るい夜』、チョ・ナムジュ『ソヨンドン物語』など。ユン・テホ『未生 ミセン』で第20回文化庁メディア芸術祭マンガ部門優秀賞受賞。

親《しん》密《みつ》な異《い》邦《ほう》人《じん》

2024年9月9日　第一刷発行

著者　チョン・ハナ
訳者　古《ふる》川《かわ》綾《あや》子《こ》
発行者　森田浩章
発行所　株式会社講談社
〒112-8001　東京都文京区音羽2-12-21
電話　出版　03-5395-3506
販売　03-5395-5817
業務　03-5395-3615

本文データ制作　講談社デジタル製作
印刷所　株式会社KPSプロダクツ
製本所　株式会社国宝社

KODANSHA

ISBN978-4-06-532047-1　N.D.C.913 207p 19cm